U0726845

枕边书

如果上帝送你一只柠檬果

励志卷

ATM机发明背后的爱情传奇
车库咖啡馆：给梦想一个实现的机会
善良的种子会开花
浪漫之吻成就事业
兄弟情催生世上第一种抗生素
为马儿开一座森林旅馆
睡衣上"漂流"出童话故事
用耳朵赚钱的"声音银行"
在沙漠里养鱼
毕加索的另类智慧
德国小镇上的"蜜月旅馆"
汉斯·里格尔的糖果帝国

主编◎要力石　何芸

新华出版社　"枕边书"系列

图书在版编目（CIP）数据

如果上帝送你一只柠檬果/要力石，何芸主编
北京：新华出版社，2014.12
ISBN 978－7－5166－1373－3

Ⅰ.①如…　Ⅱ.①要…②何…　Ⅲ.①故事—作品集—世界
Ⅳ.①I14

中国版本图书馆 CIP 数据核字（2014）第 287426 号

如果上帝送你一只柠檬果

主　　编：要力石　何　芸

出 版 人：张百新　　　　　　　　责任编辑：曾　曦
封面设计：马文丽　　　　　　　　责任印制：廖成华

出版发行：新华出版社
地　　址：北京石景山区京原路 8 号　邮　　编：100040
网　　址：http://www.xinhuapub.com　http://press.xinhuanet.com
经　　销：新华书店
购书热线：010－63077122　　中国新闻书店购书热线：010－63072012

照　　排：新华出版社照排中心
印　　刷：北京新魏印刷厂

成品尺寸：145mm×210mm　　开　　本：32
印　　张：9.375　　　　　　　字　　数：150 千字
版　　次：2015 年 1 月第一版　　印　　次：2015 年 1 月第一次印刷

书　　号：ISBN 978－7－5166－1373－3
定　　价：32.00 元

图书如有印装问题，请与出版社联系调换：010－63077101

目　录

第一辑：善良的种子会开花

第二辑：好创意能够 hold 住一代人

第三辑：把自己打造成品牌

第四辑：梦想永远是宝贵的

第一辑：善良的种子会开花

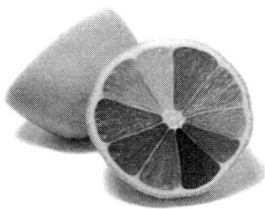

一群流浪儿的盛宴

葛霞

在美国亚特兰大最豪华的酒店里，正播放着经典的婚礼进行曲，门前的红地毯一直延伸到街道上，人们静静地等待着婚礼的主角现身，然而出现在众人视野中的不是新郎挽着新娘，也不是新娘依偎着新郎，而是一群衣衫褴褛的流浪儿，个个喜气洋洋的，成群结伴地踏上红地毯，越过笑容可掬的服务生，穿过靓丽的鲜花拱门，欢快地走向宴会大厅。

人们纷纷惊讶于婚礼现场怎么出现一群流浪儿，纷纷好奇并猜测这到底是怎么回事呢？

举办这场婚宴的是亚特兰大一家知名企业的负责人福勒夫妇，原本是为其掌上明珠的爱女筹办的婚礼。不料两个月前自己的公司遭人陷害，深深陷入一场官司，屋漏偏逢连阴雨，爱女的婚事又因故告吹，连受打击的福勒太太，不得不取消早已预定的豪华婚宴。可是福勒先生不同意取消，而是请福勒太太联系当地的无家可归人慈善团体的负责人奥米拉米，把婚宴改为邀请无家可归的流浪儿享用晚餐。

慈善负责人奥米拉米惊喜万分，但还是半信半疑，又多次向福勒夫妇和酒店确认，最后确认这场邀请流浪儿的盛宴不是恶作剧，而是千真万确的事实。

福勒夫妇要在亚特兰大最豪华的酒店里给流浪儿举办盛宴的消息不胫而走，引起了轩然大波，这在亚特兰大是前无古人的事，大家都拭目以待这场特殊的婚宴。

婚宴如期而至，没有新郎也没有新娘，正如媒体和民间奔走相传的传说一样，婚宴的主角是由慈善负责人奥米拉米带领的一群无家可归的流浪儿，"婚宴"的场面非常温馨，所有参加的流浪儿都笑容满面。

各大媒体也竞争涌入宴会大厅，争先恐后地采访和拍照，几乎所有的媒体记者都问福勒先生一个同样的问题，为什么要举办这次特殊的婚宴？

"举办这次特殊的婚宴，也并非心血来潮，爱女婚礼突然取消，多年苦心经营之企业又突遭变故，取消婚宴理所当然。但是为什么又把婚宴变为邀请流浪儿的盛宴呢？因为我本人也曾经是一名流浪儿，正是慈善团体和社会的资助，使得我有求学的机会，后来才有机会打拼自己的事业。多年来我一直回馈各种慈善团体，也许这是我能够为慈善事业所做的最后一次服务，年事已高的我，不知未来是否还有为企业和家族翻身的机会。如果以后还有机会，我和我的家人会继续为流浪儿服务。"福勒先生发自肺腑地告诉站在自己面前的各大媒体记者。

而一直陪伴在福勒先生身边的优雅的福勒太太听完丈夫这段情真意切的话，也情不自禁地面对媒体的记者说："当得知女儿的婚礼不能如期举行后，福勒先生就想把这场婚宴送给有需要的人，他主要想邀请那些孩子，因为在亚特兰大无家可归的人中 70％都是儿童。"

福勒夫妇说的话，赢得所有在场的人经久不衰的掌声。

各大媒体都在头版头条报道了这场特殊的"婚宴"，引起好多投资公司和企业主的注意，都愿意无偿或有偿地帮助福勒先生渡过企业的难关。福勒先生的企业获得资助，订单像雪片一样从全国乃至全球的四面八方飞来，使得企业起死回生。

福勒先生说，企业的死而复生是靠了大家的帮助，所以他以后会为更多有需要的人服务，特别是流浪儿。他愿意资助多名儿童直至大学毕业，并在福勒公司提供工作岗位。而且以后每年都继续为流浪儿举办盛宴，称之为"福勒家族爱的庆典"，并吸引众多企业参与，让更多的人为流浪儿撑起一片温暖的家。

《亚特兰大报》做了全过程报道，并在报道中说，一场特殊的婚宴，没有漂亮的新娘和帅气的新郎，却有一群可爱的笑容灿烂的儿童，虽然他们衣衫褴褛，可是天真烂漫，让更多有家的人和无家的人都感受到了家的温馨，会让更多的人参与到"福勒家族爱的庆典"中去，同时也救活了一家濒危的企业，这就是爱的力量！

ATM 机发明背后的爱情传奇

袁姆梯

2010 年 5 月 15 日，全世界各大媒体都刊登了一则令人悲痛的消息：ATM（自动取款机）之父——约翰·谢珀德·巴伦先生因病逝世。然而，很少有人知道 ATM 这个伟大发明，其实仅仅是巴伦为了妻子才制造的机器。

新德里的巧克力情缘

1926 年，印度新德里，一对苏格兰夫妇家里诞生了一个男孩，取名约翰·谢珀德·巴伦。巴伦从小就表现出对机械的兴趣。

1936 年的一个冬日，巴伦跑到一个商店，对营业员说："先生，请给我拿一块巧克力。"这时，一个金发小女孩也跑进来，甜甜地笑着说："给我也拿一块巧克力。"

营业员抱歉地指着巴伦手中的巧克力说："对不起，小姑娘，那是最后一块巧克力了。"巴伦闻言，把手中的巧克力掰成两半，很绅士地递给小女孩，"我叫约翰·谢珀德·巴伦，这块巧克力我们一人一半。"小女孩欢快地接过巧克力，"你好，我叫卡罗琳。今天是我生日，谢谢你的礼物。"

巴伦和卡罗琳很快成了最好的朋友。1938 年，巴伦的父母由于生意需要要带他回到英国。临走前，巴伦几乎跑遍新德里，买来所有商店的巧克力送给卡罗琳。他紧紧地握着卡罗琳的手说："等你回英国，一定要来找我。"他们谁也不会想到，这一分别就是十年。

回到英国后，巴伦在 18 岁那年报名参军，成为一名海军陆战队的军人，并且成功设计了装甲运钞车。

1948 年的一天，巴伦像往常一样走在去图书馆的路上，忽然有个少女叫住了他："巴伦……"巴伦抬起头，眼前的女孩子正是他魂牵梦绕的卡罗琳！这对失散了十年的年轻人再次紧紧拥抱在一起。

为了妻子发明 ATM

退伍后，巴伦在英国得利来印刷公司找到了一份工作，还很快升任机械部主管。巴伦每天都会买来卡罗琳最喜欢吃的巧克力送给她。不久，两位年轻人结为夫妻。

1965 年春天的一个周末，是巴伦的生日，而卡罗琳却因为去蛋糕店取蛋糕被冻得发起了高烧。巴伦连夜将卡罗琳送到医院。直到第二天中午，卡罗琳才清醒过来。巴伦忽然想起妻子已经很久没吃东西了："卡罗琳，你喜欢吃什么，我去给你买。"

卡罗琳嫣然一笑："巴伦，你知道的。"巴伦也会心一笑，他习惯性地摸索着口袋，但口袋里空空如也——由于匆忙，他忘记给她买巧克力了。更要命的是，交完医疗费，巴伦的钱包里已经没有现金了。等他赶到银行时，营业员却说已经下班不能取钱了。

巴伦无助地徘徊在街头，地铁月台上竖立着很多巧克力贩卖机。巴伦边走边想，要是巧克力贩卖机旁有一台可以随时取到钞票的机器就好了。

依靠从巧克力自动售卖机上得到的灵感，在卡罗琳的支持和鼓励下，巴伦带领他的团队开始了艰苦的制造实验。经过无数次的失败，他终于成功造出了 ATM 的雏形。

妻子是上帝赐予的礼物

1967 年 6 月 27 日，英国巴克莱银行在北伦敦的恩菲尔德分行安装了世界上第一部 ATM。在现场，巴伦眼含着热泪，默默地从喧嚣的人群中穿过，快步回到家中，深深拥抱着妻子："卡罗琳，我成功了！以后无论在什么地方，在什么时候，我都会取到钱，为你买到巧克力了。"

此后，巴伦的生意蒸蒸日上。然而，让人们颇为不解的是，这种席卷全球的设备从来没有申请专利。当人们提及此事的时候，巴伦给出了解释："我发明这个设备并不是为了钱，而是为了一个叫卡罗琳的女人，这是我送给她的礼物。而卡罗琳，是上帝恩赐给我最美好的礼物。"

为马儿开一座森林旅馆

段奇清

蚂蟥袭击，马坠悬崖

在非洲刚果原始森林的深处，有一处高高耸起的地方，从远处眺望，它像一座火山。其实它是一处建筑，准确地说，那是一座森林旅馆，由刚果小伙尼雷尔统筹创建。

少年时代，尼雷尔曾有过一次与父亲牧马的经历。那些天，尼雷尔和父亲一起领着几匹马翻越一座大山。马在森林中哒哒地走着，一匹棕色的马儿虽然健壮，走得却很缓慢。父亲总会停下来等这匹马，马走到身边了，父亲就会用手轻轻拍打它。

然而，在经过一段狭窄陡峭的山路时，突然传来一阵哀号声，棕色马滚落到山下去了。马跌落的地方不算太深，但当尼雷尔来到马跟前时，马已经死亡。尼雷尔端详着马的脸，越看越心慌，原来，他看见一条通红的胀鼓鼓的蚂蟥从马的眼睛爬了出来。再看马的背、腿、肚皮，上面有着许多如同毒蘑菇一样的小包块，那全是蚂蟥袭击留下的。

父亲十分痛心地说，中途要是有一个能歇脚的地方就好了！马累了，走不快，袭击的蚂蟥就特别多，许多体力不支的马就走不出这片森林。

巧用灯草，旅馆生辉

这一次牧马经历一直在尼雷尔的脑海挥之不去，在森林中开一家旅馆就成了他最迫切的愿望。

大学毕业后，尼雷尔通过创业赚得了人生第一桶金。征得父亲同意后，他带领一支建筑队伍进入原始森林。奋战三个月后，森林旅馆顺利竣工。

尼雷尔为旅馆取名"新生旅馆"，意思是让那些受蚂蟥袭击的马儿在险境中获得新生。新生旅馆的外表酷似火山，"火"是灯草发出的光汇聚而成的，这个灵感来源于尼雷尔大学时的一次实践。那年假期，他随一支医疗队去非洲西部的冈比亚共和国做慈善事业。这个国家约有 170 万居民，经济非常落后，电力资源紧缺。

就是在那里，他认识了"灯草"。这种草的叶瓣表面长着一种银霜似的晶素，每到夜间，在"灯草"集生的地方，会亮得如同白昼。

"灯草"是尼雷尔"新生旅馆"得以成功建造的要素之一。

与世隔绝的森林深处没有电，灯草晒干，绞在一起会似一条火龙般闪亮。森林旅馆先是以石块筑成墙，再在外面铺上泥土，然后把灯草种在上面。顶部设有喷泉，定期喷射，确保墙体土壤湿润，灯草就能长得特别旺盛。到了晚上，旅馆外面成千上万棵灯草发出光亮，看上去就似一座火山一样。

收割后晒干的灯草被编织成各种各样的图案，装饰在旅馆的房间里，蝴蝶状灯草绽放出蝴蝶状的光芒，花儿状灯草仿佛一朵绚丽多彩的花朵，宝塔状灯草就似一座闪烁着万千灯火的梵刹庙宇。

这样富有特色的旅馆，起初专为过路的马儿创建，后来吸引了世界各地的游客，大家慕名前来住宿，体验森林旅馆的别样风情。

走进森林，享受天然

除了新颖别致的外型设计，森林旅馆内设施齐全，服务人性化。旅馆内有温水，给温水加点盐，为马儿刷上一遍，那些钻在肉里面的蚂蟥就纷纷落地，再被丢到炭火中焚烧。

至于客人，更享受了。浴盆是用巨大树干做成的，散发着天然的植物清香，客人可以在里面尽情泡澡。日暮傍晚，坐在露天窗台上，听着源自森林风的天籁之音，且一口口喝着美酒。

通往森林旅馆的通道是一个悬在半空的吊桥。游客行走在吊桥上，仿佛走入云霄仙境，天空迷蒙，树木苍郁，美妙景致尽收眼底。吊桥下有一些野生动物，或在悠闲地觅食，或在欢快地嬉戏。

森林旅馆不仅挽救了马儿的生命，也让旅客体验了一种全新的生活方式，这种纯自然的旅馆深得现代都市人的青睐。为了防止人满为患，除牧马人外，要入住的旅客必须在一个星期前进行电话预约。

现在，尼雷尔已经开了三家森林旅馆，年收入大幅增长，取得了事业的成功。每天，他徜徉在美妙洁净的大森林，做着造福于人与自然的工作，享受生命中最大的快乐。

兄弟情催生世上第一种抗生素

岂三三

儿时势不两立

1881 年 8 月 6 日，亚历山大·弗莱明出生在苏格兰基马尔诺克附近的洛克菲尔德。他是家里 8 个孩子中最小的。

7 岁这年夏天，弗莱明和父母正在地里干农活，突然听到呼救的哭泣声。父亲丢下农具，就往呼救的地方跑去，弗莱明紧追其后。一个 10 多岁的男孩掉进了粪池里……父亲毫无顾忌地跳下去，奋力将那个孩子托出来……

这个男孩叫温斯顿·丘吉尔。两天之后，一辆华丽的马车停在了弗莱明家简陋的农舍前。一位绅士自我介绍说，"我是两天前被你们所救的男孩的父亲伦道夫·丘吉尔，特地前来道谢。"他边说边拿出一份优厚的谢礼。弗莱明的父亲断然拒绝了报酬。

这时，伦道夫指着弗莱明说："这是你的儿子吗？请允许我把你的儿子带走，我要让他受到良好的教育。"听说能去读书，弗莱明的脸上立即绽放出光彩。看到弗莱明眼里的渴望，父亲答应了。

三周后，8 岁的弗莱明来到伦敦伦道夫的家，并得知伦道夫是一名勋爵。这时，楼上传来一阵争吵声，原来是那个被救的丘吉尔，为不上课与母亲在争吵。他气愤地冲下楼，一眼看到了穿着像乞丐的弗莱明。正无处发泄的丘吉尔，怒气冲冲地喊，"是谁把这个叫花子放进来的？""是我！请对我的客人讲礼貌。"伦道夫从书房里出来，严厉地说，"以后弗莱明要生活在这个家里，他就是你的弟弟，你要学会知恩图报。"丘吉尔狠狠地瞪了弗莱明一眼，甩手而去。

小弗莱明十分努力，成绩在学校名列前茅，总是得到伦道夫的表扬。伦道夫总会拿弗莱明教育儿子，"你为什么不能像弗莱明那样认真一些呢？"而顽皮捣蛋的丘吉尔，学习成绩一直不佳。他讨厌父亲称赞弗莱明，更讨厌与他作对比。他甚至觉得弗莱明这个外来侵入者，夺走了父亲对他的宠爱。

丘吉尔总是带着一群用人欺负弗莱明。直到 5 年后，丘吉尔中学毕业，被父亲送进桑赫斯特皇家军事学校。临走之前的那天晚上，他对弗莱明说，"你不要以为我走了，你就能在这个家里耀武扬威，小乡巴佬！"这时弗莱明 13 岁，正是叛逆期。那晚，倔强的弗莱明悄然离开了这个他生活了 5 年的地方。

有志者事竟成

弗莱明决定去投奔同父异母的哥哥汤姆。汤姆已从格拉斯哥大学毕业，在伦敦当眼科医生。在他的资助下，弗莱明进了一所技术学校学习。

弗莱明的离家出走，让伦道夫勋爵家中炸开了锅。丘吉尔听说后，震惊的同时，也有些愧疚。那几天他忐忑不安，时不时地向家人打听弗莱明的消息。

安定下来之后，弗莱明担心勋爵挂念，决定写封信。收到信后，伦道夫一家都放心了。丘吉尔极其兴奋，心想这小子还真有点骨气。

1895年，伦道夫勋爵去世了。在这年，弗莱明去了一家专营美国贸易的船务公司上班。而丘吉尔则从军校毕业，分配到第四骠骑兵团任中尉。两人走上了完全不同的道路。

1901年，20岁的弗莱明突然意外地获得了250万英镑的遗产。据说是他一个终身未婚的舅舅留给他的。他可以去念他梦想中的医科大学了。7月，弗莱明通过了16门功课的考试，获得进入圣玛丽医院附属医学院的资格。毕业后，他留在母校，帮助老师赖特博士进行免疫学研究。1908年，他获得了博士学位，成了一名真正的医生。第一次世界大战爆发后，他来到战地医院，得到了极其难得的系统学习致病细菌的好机会。1918年战争结束，弗莱明又回到母校从事细菌的研究工作。

丘吉尔的人生也发生了翻天覆地的变化。他经历了几次战斗回到英国后，步入政坛，所向披靡。

1928 年的夏天，弗莱明对其进行了 7 年的试验丧失了信心，决定去海滨避暑。两个月后，弗莱明回到了离开多日的实验室。一进门，他习惯性地去观察那些盛有培养液的培养皿。一只长了一团青绿色霉花的培养皿引起了他的注意。弗莱明对着亮光，看到一个奇特的现象：在霉花的周围出现了一圈空白，原先生长旺盛的葡萄球菌不见了。会不会是这些葡萄球菌被某种霉菌杀死了呢？他抑制不住内心的惊喜，急忙放到显微镜下观察，果然证实了他的推测。

进一步的动物实验表明，这种霉菌对细菌有相当大的毒性，而对白细胞却没有丝毫影响，也就是说它对动物并无伤害。弗莱明给这种霉菌命名为盘尼西林！这就是青霉素。

一笑泯恩怨

1938 年，青霉素正式用在了病员身上，效果显著。这时候第二次世界大战爆发，青霉素这款神奇的药使弗莱明和丘吉尔奇妙地相遇了。

彼时的丘吉尔已是英国首相。1941 年，他在出访非洲时，不幸罹患上了肺炎，眼看危在旦夕，有人大胆提出建议，用青霉素试一试。因为是新药，一向固执的丘吉尔坚决反对。

妻子克莱门蒂娜·霍齐尔为了说服丘吉尔，告诉他说，这个青霉素的发明人，就是当年从你家里出走的弗莱明！丘吉尔婚后不止一次地向妻子提到过弗莱明。他为自己曾对弗莱明的态度后悔不已，后来父亲伦道夫勋爵去世时，留下了一笔钱，让他转交给弗莱明。丘吉尔知道弗莱明是自尊心很强的人，为了使他能够接受勋爵的遗产，丘吉尔隐瞒了实情。

丘吉尔听说青霉素是弗莱明发明的，内心百感交集，"这小子果然如父亲所言，真的是有出息啊。"他有些兴奋："我愿意试一试。"但他提了个要求，要弗莱明亲自来为他治疗。

弗莱明接到这项政治任务后，内心一阵挣扎。当年受到的羞辱和内心对丘吉尔的怨怼，让他的第一个反应是拒绝。可怎能见死不救呢？弗莱明从英国飞到非洲，看到了病床上昏迷不醒的丘吉尔。48年不曾相见的兄弟，没有想到重逢会是如此情形。

青霉素挽救了丘吉尔的生命，一周后，他能够正常地活动和吃饭了。见丘吉尔日渐好转，克莱门蒂娜来到弗莱明的临时住处。这时，弗莱明才听说了那笔遗产的真正来源，包括丘吉尔一直对他的深深自责。弗莱明感到无比震撼。

这天晚上，弗莱明走进了丘吉尔的病房，两人默默相对。丘吉尔首先打破了沉默，"谢谢你，给了我两次生命。"弗莱明握住了丘吉尔的手，"你同样也给了我新生！我的兄长。"丘吉尔老泪纵横，紧紧回握着他的手，一句话也说不出来……二人纠结了近50年的心锁就此解开了。

第二次世界大战后，青霉素因治愈首相而被全面推广，遍及全球，为此弗莱明还获得了 1945 年诺贝尔医学生理学奖。1955 年 3 月，弗莱明去世，丘吉尔参加了葬礼。

善良的种子会开花

杨承熙

　　哈恩皮尔是德国柏林一家豪华餐厅的小厨师，他工作兢兢业业，把名厨们炒过的每一道菜都记在心里，业余时间，还不停地钻研烹饪知识，希望自己的厨艺能够更上一层楼，尽早做一名受人尊敬的主厨。可惜，几年过去了，他依然只是一名不起眼的小厨师，常常被主厨呼来喝去。

　　那天，哈恩皮尔用牛肉和土豆精心烹制了一道菜，本以为会得到主厨的夸奖，没想到，主厨只闻了闻，就冷冰冰地说："垃圾，倒掉它！"

　　哈恩皮尔觉得很委屈，端起盘子，却怎么也舍不得倒掉。一抬头，透过厨房的玻璃窗，看到一个流浪汉正在餐厅外面徘徊，不时地望向餐厅，并吞咽着口水，看样子，他一定是饿坏了。哈恩皮尔动了恻隐之心，他端起盘子，快步走出去，将菜递给了流浪汉。

　　流浪汉感激地看了他一眼，然后，低头一阵狼吞虎咽，一盘菜很快就一扫而空。依依不舍地把盘子递给哈恩皮尔时，流浪汉心满意足地说："这是我这辈子吃过的最美味的食物！"

这句话让哈恩皮尔一阵心酸，同时，也让他深感自豪，这是第一次有人赞美他做的菜。

第二天，哈恩皮尔看到昨天的那位流浪汉再次站在了餐厅门前，并不时地咂巴着嘴，看样子，还在回味昨天的美食。哈恩皮尔见状，立即做了一份和昨天一模一样的菜，再次端到了流浪汉面前。

让哈恩皮尔没想到的是，从此后，那位流浪汉每天都准时出现，无论别人怎么驱赶都不肯离开，对别人给的食物也不屑一顾，只有看到哈恩皮尔做的菜，才会眉开眼笑，一脸幸福的表情。

他只是想吃一道美味的菜而已，面对流浪汉如此简单的理想，哈恩皮尔实在不忍心不理睬，于是，每天他都会做一道美味的菜端给流浪汉品尝，有时候是牛肉，有时候是扁豆，有时候是洋葱。

餐厅外的流浪汉从一个变成了两个，又变成了三个、四个……哈恩皮尔的菜不得不越炒越多，而这些费用，当然得由他自己掏腰包。

慢慢地，人们都知道了，一家豪华餐厅的小厨师每天为流浪汉做好吃的菜。于是，餐厅外的流浪汉越聚越多，哈恩皮尔的开销越来越大。更糟糕的是，餐厅老板对这一现象深感愤怒，数次找哈恩皮尔谈话，要求他立即放弃为流浪汉做菜的做法。朋友和家人也对哈恩皮尔的行为深感困惑，这本来是政府应该做的事，他一个小厨师逞什么能？

哈恩皮尔知道，自己一个人的力量并不能改变流浪汉的处境，但是，看着他们围坐在餐厅前翘首期盼的样子，看到他们吃完美味后心满意足的神情，他实在不忍心让这群生活在底层的人失望，他们的愿望多么简单啊，只是希望像正常人一样，除了吃饱，还能给味蕾带来一点享受。

哈恩皮尔无法停止自己的疯狂举动，餐厅老板却不会坐视自己的餐厅被流浪汉"包围"，既然哈恩皮尔如此固执，那么，唯一的做法只能是解雇他。

离开自己心爱的岗位，一连几天，哈恩皮尔都忧伤不已，他不知道，到哪里还能找到这么高级的餐厅，更何况，现在找工作那么难，名厨一大堆，他有什么竞争力？

那天，哈恩皮尔找了一天的工作，筋疲力尽地回家，发现餐厅老板居然站在自己门前，看到他，立即笑眯眯地迎上来，开心地说："终于等到你了，我现在邀请你重新回去上班，而且是做主厨！"

开什么玩笑？哈恩皮尔简直不敢相信自己的耳朵，一个被解雇的小厨师，还能重新回到原来的工作岗位，并且一下子坐到主厨的位置？

原来，哈恩皮尔自掏腰包为流浪汉做菜的事情早已传遍了柏林，很多人慕名而来，专门点哈恩皮尔做的菜，餐厅的客流量比平时增加了好几倍。餐厅老板意识到自己犯了大错，差点错失了一位好员工，这才找上门来，真心诚意重新聘请哈恩皮尔。

也许哈恩皮尔的厨艺不是最好的，但是人们相信，当饭菜里加了爱心，那一定是世上最令人放心的美味。爱心是世上最珍贵的东西，哈恩皮尔也因此迅速跃升为柏林数一数二的名厨。他做梦也没有想到，一个小小的善举居然改变了自己的职业生涯，让自己的梦想开出了绚丽的花。

只要播下善良的种子，无论经过多少风吹日晒，无论遭遇多少冷嘲热讽，无论过程多么黑暗漫长，请相信，最终，那粒种子一定会开出最美丽的花朵。

气味图书馆传奇：一个女孩闻香识人生

阿不

爱情也是一种味道

"气味图书馆"的创办者之一名叫艾薇儿，她是美国某知名化妆品公司的区域经理，是有名的才女兼美女。她曾交往过一名叫布鲁瑟斯的富豪男友，对方对她十分宠爱，送房送车，甚至为喜爱香水的她搜集了市面上的各大香水品牌，从香奈儿五号、古驰的"嫉妒"，几乎能装满一个房间。

但就在众人以为布鲁瑟斯会娶艾薇儿时，他却搂着新欢登上了杂志封面。这种高调的背叛击垮了好强的艾薇儿，更让她崩溃的是周遭那些或同情或嘲讽的流言。

但艾薇儿不知道，有一个人正真心实意地替她担心。他就是她的下属盖博，一个普通研发员。一个晚上，盖博陪艾薇儿加班时，突然听见她的啜泣声。他轻轻地走进艾薇儿的房间，一瓶迪奥思念香水被摔碎在地板上，浓烈的香气弥漫了整个房间，艾薇儿正伏在办公桌上哭泣着。盖博心中充满了对爱人的怜惜，他决定要送一份特别的礼物给她。

半个月后，盖博将礼物交给艾薇儿，她拆开来，一个质朴的、没有任何品牌标签的玻璃瓶映入眼帘。盖博微笑地说："闻闻看，我保证是独一无二的惊喜。"艾薇儿小心翼翼地打开瓶盖，将鼻尖凑过去，一股独特的香气沁入每个细胞。她闭上眼，仔细回味——那是巴西安息树的芳香，隐隐约约还透着蓝山咖啡的醇香。两种气味混合在一起，勾起她在巴西旅行时的美好回忆，又仿佛置身在牙买加香气缭绕的咖啡园，感觉太美妙了！甚至令她暂时忘却了悲伤的失恋！

几天后，盖博接到公司命令，让他同艾薇儿一起进行新产品的研发。原来，艾薇儿带着盖博送给她的香氛找到总裁，向他提出新的品牌计划——Demeter香氛，从大自然中寻找灵感，为公司的香水产品注入新的活力。

刚开始他们的工作进展得十分艰难。以往香水的制作大多是从植物花草中提取精油，进行调配。但如今，如何搜集大自然的气息？为此，艾薇儿一筹莫展。就在这时，盖博想出了一个好办法，他研究出了一种"真空提炼技术"，即把物质放在特定的容器中，容器被抽成真空状态，再经科学方法分析香味的源头，然后把分子及精华分类保存。

有了技术的支撑，艾薇儿和盖博的工作越来越顺利，关系也越来越亲密和默契。他们走遍了美国，搜集到各种各样的气味：西雅图的冰川、黄石公园的泥土、天宁岛的海浪、阿拉斯加的沙漠、夏威夷的椰林……一路相随的日子里，艾薇儿渐渐卸下了平日里冷傲的面具，开始显露她可爱的一面。

美国的最后一站，他们来到艾薇儿的家乡——佛罗里达的西棕榈滩。夕阳西下，他们漫步于松软的沙滩上，海风徐徐而来，夹杂着海水的咸味，如同一首激扬澎湃的爱情恋曲。

艾薇儿闭着眼睛深深吸了口气，睁开眼睛说道："盖博，这种气味，让我想到祈祷的少女！""我觉得更像是温柔私语的恋人。"盖博停下脚步，认真地看着眼前的艾薇儿，眼神充满了爱意。艾薇儿冲他调皮地一笑，扑进了他的怀里。盖博紧紧搂着心上人，沉醉在这甜蜜而独特的海风气息中……

每种气味都有一个回忆

搜集完美国的气味后，艾薇儿和盖博来到了英国的斯特拉夫德镇。秋日午后，他俩在公园里看到一个坐在轮椅上的中年妇人，静静地看着枯黄的落叶，眼神里流露出失落和悲伤。

从旁人口中，艾薇儿和盖博知道了这个女人的故事：她叫伊丽莎白，曾是皇家歌剧院的首席演员。7年前，伊丽莎白不幸因一场意外而失去了左腿，永远失去了跳舞的机会。伦敦的繁华让她伤心更甚，于是她来到莎翁故居的小镇定居，一个人寂寞地凭吊对戏剧的热爱和曾经的舞台。

艾薇儿被伊丽莎白的悲伤感染了，她闷闷不乐地说："亲爱的盖博，我们帮伊丽莎白找到她的回忆吧，用我们的香氛！"

盖博不解地问道："可是……我们的香氛都是提取自然的元素，伊丽莎白的回忆，我们要怎么做呢？"

第二天一早，艾薇儿与盖博飞往伦敦，来到皇家歌剧院。经过艾薇儿的无数次试验，一个星期以后，他们带着一小瓶香氛回到斯特拉夫德。伊丽莎白半信半疑地打开这个名为"戏剧女皇"的香氛，一股熟悉的味道扑面而来。刚开始是剧本油墨的淡香，然后是渐渐明亮的橘色的灯光打在舞台上，浓郁的橙木香是激情的表演，最后是谢幕时观众热烈的掌声弥散在周围，渐渐淡出……伊丽莎白陷入美好的回忆之中，仿佛自己又站在了辉煌的舞台上，双眼噙满了泪花，用力地拥抱了艾薇儿和盖博，感谢他们为自己做的一切。

艾薇儿高兴极了，看着激动的伊丽莎白，有了新的想法：她不光要让香氛成为一种独特的气味，更要让这种独特成为唤起美好回忆的密码。她要和盖博搜集更多的故事和回忆，用香氛来开启人们嗅觉和记忆的联系！艾薇儿的想法让盖博赞赏不已，虽然这意味着自己的工作将会更加辛苦和艰难，但他觉得一切都很值得。

盖博和艾薇儿开始一路的搜集与制作：香榭丽舍大街的梧桐和浓郁的玫瑰香气，是一对情侣的"法国之恋"；"洗衣间"的肥皂味是同住一栋公寓的两个年轻人相识相爱的地方；"印度拉茶"是一位贤惠的妻子，每天都给丈夫和孩子煮他们最喜爱的茶饮的气味；一个给客人调制出种种美味的年轻酒保被病魔夺去了生命，酒吧的老板希望能用酒保最擅长的"冰冻玛格丽特"的气味来纪念他的伙计……

1993 年 2 月，当艾薇儿和盖博在澳大利亚堪培拉机场准备返回纽约时，一个叫约瑟夫的男人拦住了他们。10 年前，约瑟夫 4 岁的女儿珍娜失踪了，妻子克里斯汀受不了刺激而变得精神失常。约瑟夫为了寻找珍娜和照顾妻子耗尽了心力，他想让盖博和艾薇儿帮助他调制出一种属于珍娜的特殊香氛，帮助妻子稳定情绪。

盖博在珍娜的房间细心感受着，可是珍娜实在离开太久了，所有的气味都已消散，这让盖博陷入了困境。这一天，毫无头绪的艾薇儿无意间看到克里斯汀抱着一盒草莓冰激凌，一勺一勺地喂给珍娜床上的洋娃娃，嘴里还轻声哼唱着，眼中溢满了慈爱，洋娃娃的身上沾满了融化的草莓冰激凌，房间里顿时溢满了甜腻腻的香气。她赶紧找来约瑟夫，他悲伤地说，妻子唱的是珍娜最喜爱的童谣《夏日假期》，而珍娜最开心的，是和妈妈一起分享草莓冰激凌。

盖博突然有了灵感，他提炼了草莓冰激凌的香气，混合了夏天炽烈的阳光的气味和暴风雨后的清新气味，调制出了独一无二的"珍娜"送给了约瑟夫夫妇。克里斯汀陶醉在它带给自己的记忆与感动中，情绪安定了许多！

气味图书馆里的故事

1993 年 4 月，当艾薇儿和盖博搜集了全球几十种气味回到纽约时，却遭到了冷遇。公司认为他们调配出的香水只是针对个别人的个别回忆，不能满足大部分人对香氛的需求，不具有市场竞争力，不同意进行批量生产。这也就意味着艾薇儿和盖博多年的努力并不被认可。

沮丧的艾薇儿彻夜难眠。她想起人们找回美好记忆的幸福表情，内心就如同针刺。香氛对于如今的她来说，不再是一种赚钱的工具，更是一种情感的维系，她不能放弃 Demeter，绝对不能！她和盖博决定一起辞职，继续进行 Demeter 香氛计划，把它变成自己的品牌。

没有了母公司的技术和资金支持，盖博和艾薇儿只能依靠自己的力量。他们租了一个公寓的顶层当作实验室，夜以继日地模拟各种气味，以求得到最真实的嗅觉感受。每成功提炼出一种香氛，艾薇儿都像个孩子一般高兴地手舞足蹈。

1994 年 6 月，艾薇儿和盖博用最后的积蓄在华尔街租下了一个 20 平方米左右的商铺，正式发售 Demeter 香氛，并把店名取为"气味图书馆"。她认为他们的香氛就好像书本一样，每一瓶都是不同的人生故事。

气味图书馆的生意越来越好。一天下午，一个十四五岁的女孩走进了气味图书馆，艾薇儿热情地接待了她。当女孩闻到"珍娜"后，居然哭了出来。她说自己也叫珍娜，很小便被收养。当甜腻的草莓冰激凌夹杂着夏日的阳光和暴风雨后的清新气味蹿出来时，她突然觉得十分熟悉。盖博突然察觉到，这个叫珍娜的小女孩可能就是那个走失多年的澳大利亚女孩！他立即找到澳大利亚的约瑟夫，在相见的那一刹那，约瑟夫紧紧地把相别多年的女儿抱住，在场的所有人都落下了幸福而激动的泪水！

越来越多的人涌入气味图书馆，很多人在这儿挑选着他们钟爱的香氛，更多的人却在请求艾薇儿和盖博为他们制作属于他们自己的香氛。为此，艾薇儿想出了一个好主意，每次在提炼一种香氛的时候，都多做一些。把各种不同的香氛放在气味图书馆里，让每个人根据自己的记忆 DIY（意为"自己动手做"）属于自己的香氛。这一创意让许多人都在 DIY 香氛的过程中，发现了那些深藏在记忆中，却不知道属于哪个角落的味道。大家也都乐意将这些香氛免费提供给气味图书馆。不知不觉中，气味图书馆的香氛数量已提升至 800 多种，有的幸福甜蜜，有的酸涩痛楚；有的柔和甜美，有的澎湃磅礴……每种都代表了一种独特的记忆和故事。

"浪漫之吻"成就的事业

伊莎

送给男友的特别礼物

2007年大学毕业后，我进入大连一家设计公司做版式设计。

有一天下班后，我在办公室等个客户的电话。久等不来，我百无聊赖地把手伸进了扫描仪里，无意中碰了一下扫描按钮，不一会儿，我的手掌就出现在了电脑的屏幕上。手掌上的纹路清晰可见。

后来，同事小周看到了这个掌印，跟我开玩笑说："萱萱，你不如把这个掌印送给你男朋友吧。"我随口答应道："要送就送他个吻。"

被"逼上梁山"后，我只得硬着头皮继续做下去，决定用扫描仪做出一个吻唇送给何天浩。我先是拿口红在嘴唇上细细地涂了一层，然后在白纸上印下唇印，再扫描下来保存到电脑上，拿彩色打印机一打，一个漂亮的"吻"就这么做了出来。我还细心地在纸上放了一圈花边，写下两行甜蜜的情话。下班后，我到外边的打字铺里花两块钱把这张纸过塑，设计就大功告成了。

男友看到这个特别的小礼物之后，非常感动，他说要把它放在包里随身携带。

同事们知道这件事以后，开始撺掇我开一家"浪漫吻唇"的个性小店。

花样百出的定情信物

在男友的操办下，我的"浪漫吻唇"开张了。收费不贵，20～60元不等。小店人气渐旺，每天能接待30多个客户。

有一天，一个女孩走进店里，她说她的男朋友每天在工地上测量施工，问我能不能制作一个小一点的吻唇，方便携带。突然，我想到，如果把吻唇做成一个钥匙扣上的小挂件，不是很好吗？这个主意得到了女孩的称赞，于是我们一起去商场里买了一个可以拆卸的塑料挂件，在"吻唇"的背面，我还放进一张女孩的小照片。

接下来，我又想到可以在"吻唇"里加上一朵干花，配上镜框，就能成为挂在墙上的装饰画，甚至可以放在中国结里，做成能挂在房间和汽车里的小挂件！

我很快联系了生产干花、钥匙扣和中国结的厂家，让他们按照我的要求，批量生产我需要的物品。这些创意一经推出，顿时吸引来了更多的女孩光顾，忙起来的时候，每天要加工100 多个"吻唇"。

一年下来，我不仅收回了全部投资，还换了一处营业面积40 多平方米的临街商铺，添置了好几台电脑设备，而且还净赚了差不多 20 万元！

你的爱情也是我的幸福

第二年，我专门跑了几家造纸厂，精心挑选了十几种特型纸，用这些原始质朴的布纹纸、图案素雅的玫瑰花边纸、带着淡淡香味的素纸来做原材料。然而，新年一过，市内的许多商场都冒出了专门制作"吻唇"的柜台，很多客户都被抢跑了。

幸好男友帮我出了主意："为什么不把男性客户也吸引过来呢？"

我拿过一张白纸，当即画了一张效果图，"男孩的手在下面，女孩的吻在上面，这叫'掌心里的吻'，不是更浪漫吗？"新招一推出，果然吸引了商场里来来往往的情侣们。

后来，我去广州参加一个博览会，有位深圳的客商给我发了一张别致的金属名片。我又突发奇想：金属片也能用来做"吻唇"吧？我抱着试试看的态度找厂家询问，得知这个做法完全可行，我很快花 2 万多元买了一台金属刻印机。"把你的吻刻在金片上，让时间见证永恒的爱情！"小小的金片既可以挂在钥匙链上，还能作为书签收藏。有个在大连留学的外国女孩在逛了我的店之后，一下做了十几个"金片吻唇"，还费力地用汉语向我解释："这个，送给我的爸爸妈妈；这个，送给我的姐姐；这个，送给我的BF……"

是呀，"吻唇"不仅能传达爱情，还能记载亲人之间的浓浓情意。我又趁势推出了几项"亲情吻唇"项目：结婚周年的吻唇纪念，爸爸妈妈和孩子的"全家之吻"，记载新生儿出生的"天使之吻"……

今年春天，我和男友结婚了。我们住进了向往已久的花园洋房，过上了自由自在、富足快乐的生活。

请给对手留一扇窗

田小野

他的第一位对手是一位老货郎。那时候，他只有 15 岁。他与老货郎一样挑着货郎担子，摇着拨浪鼓，走村串巷做生意。你卖针头线脑儿，我卖线脑儿针头，相互之间难免有些竞争，甚至争吵。于是，两人便成了"敌人"。

一次，他中了暑，一头栽倒在地上，不省人事。等他醒来的时候，老货郎正在用热毛巾为他擦拭身子。他感激地问："你为什么要放下自己的生意来照顾我？"老货郎憨厚地笑了笑："为了让你继续跟我竞争呀！"他不解地看着老货郎，问："为什么？我可是你的对手呀！"老货郎说："正因为你是我的对手，所以我才要救你！"他不懂，但是，他记住了老货郎的话。

他的第二位对手是一位卖服装的生意人。改革开放后，他抓住时机，在集贸市场开了一个服装批发门市部。因是独门生意，利润空间大，有时候，一天就能挣到一两万元。可是不久，相邻的一家商店也卖服装。于是，两家便开始打价格战，利润一降再降。最后，邻居为了抢生意，竟然做了许多赔本的买卖。他笑而不语。终于，邻居支撑不住，要关门大吉。这时候，他找上门，送去了 10 万元流动资金。邻居很诧异，问："你为什么要帮我？"他说："因为你是我的对手呀。"邻居感激得热泪盈眶。自此，两家上货开始注重差异性，相互补充，生意也越来越好。他与邻居实现了双赢。

他的第三位对手是一群人。随着世界饮料市场的不断开拓，吸管开始成为人们生活中不可缺少的饮食工具。他看准了这个商机，开始制作吸管。五年过去了，他的吸管厂已经发展成为规模企业，年收入 100 万元以上。

小小的吸管竟然也能赚大钱？由于吸管投资小，技术含量低，于是，义乌乡村一夜之间冒出 40 余家吸管厂。

吸管虽然有一定的市场空间，但是因为物件小，利润低，厂家主要靠数量赚钱。而现在，义乌家家造吸管，产品多而杂，这种无序竞争肯定要出问题。妻子劝他，咱们的钱也赚得差不多了，赶快转产吧，否则，不破产也会亏损。他却说，咱们是义乌最大最早的吸管厂，如果咱们转产了，义乌整个吸管产业就会垮掉。他不仅不转产，而且还注册了"双童"吸管商标，打造出了知名品牌。

1997 年，亚洲金融危机爆发，义乌的吸管产品卖不出去。小企业倒闭，大企业亏损，一个吸管企业的老板因此而跳楼。这件事儿对他刺激很大，他决定帮助自己的对手，带着对手一起飞。

他采取了两种措施，很快就帮助对手渡过了危机。一是对弱小的企业，采取收购或者加盟的方式，吸收它们加入他的双童吸管集团，利益共享，风险共担。二是拿出自己所有积蓄，免息借给几家较大的吸管企业，帮助它们渡过难关。妻子说他疯了，哪有这样帮自己对手的呀！

他没有疯，更没有傻。这些措施很快就产生了良好的效果。收购和加盟壮大了自己的企业，把"双童"打造成了世界著名的吸管品牌；帮助扶持对手，则培育了义乌吸管产业，使义乌成为世界著名的吸管产业聚集区。

他叫楼仲平。目前，世界上 40％ 的吸管来自义乌，30％ 的吸管来自楼仲平的"双童"吸管集团。每天有一亿人在用楼仲平的吸管喝饮料，他的企业年利润达一亿元以上。

请给你的对手留一扇窗户吧。因为，有竞争才有人气，有人气才有生意，有生意才有钱赚。这就是世界吸管大王楼仲平的成功秘诀。

车库咖啡馆：给梦想一个实现的机会

侯露露

车库刚开张时，只有 4 个常驻团队，800 平方米的大厅里空荡荡的，创始人苏菂经常感慨"什么时候才能坐满啊？"3 年后的今天，若是想睡个懒觉再来车库，恐怕就很难找到位置了。去年年底，车库咖啡在美国硅谷的联络点也正式开张。

"买一杯 20 元的咖啡，
创业者就可以在这里办公一天"

刚来北京创业那会儿，方杨到处找办公场所，曾向一个产业园区咨询，对方就问了他两个问题：

"你是海归吗？""我们有 500 平和 1500 平两种面积，你要多大的？"

放下电话，方杨就去了车库咖啡馆。"我没有海外留学经历，也租不起那么大的房子，我就是一个草根创业者，车库更适合我。"

"这是一个聚集早期创业者的地方，购买一杯咖啡，互联网早期创业者就可以在咖啡厅办公一天，并且我们提供一切办公的设备，完全开放的。比其他咖啡厅多了符合办公的环境，比自己租办公室的成本低。"这是 3 年前车库咖啡开张时打出的广告，如今依然有效。

在车库，一个五人团队一天的消费是 100 元。"这可是在寸土寸金的中关村啊！"方杨说。

为初创的高科技企业提供办公场所和硬件设施，降低其创业成本和风险，这是苏菂开办车库咖啡馆的初衷。

对于那些长期在此办公的常驻团队来说，车库能够提供得更多。

半年到一年的云服务器免费使用权限，北京银行信用贷款推荐，农业银行开户免开户费和年费并享受绿色通道服务、招聘服务、法律咨询等 30 多项创业服务……仅以车库与北京银行的合作为例，自去年 5 月至今，车库里的团队已经拿到了 13 笔无抵押贷款。

"原来有这么多小伙伴跟我们一样，为了一个梦想努力工作着"

辞了稳定高薪的工作，创业做魔漫相机这件事，任晓倩一直没跟家人讲。

创业 5 年。"所有的生活消费都降到最低，最穷时连一个鱼罐头都买不起。"

她还清楚地记得第一次到车库的感觉。"哇！原来有这么多小伙伴跟我们一样，为了一个梦想努力工作着！"

后来她成功了，魔漫相机被装到了全球 1 亿人的手机上，他们的团队也从最初的 2 人扩大到 60 人。

虽然新搬的办公室又大又明亮，任晓倩仍习惯回车库坐坐，"车库就像家一样，我特别喜欢车库的氛围，充满着创业的激情。"

每天中午一点半开始的"午间半小时"，邀请新来者进行项目展示；大厅里摆上了电子签到屏，一张车库咖啡的平面图上，哪个团队来了、在做什么项目、有什么需求一目了然；还有车库自己的网络论坛，可以寻人、找钱、吐苦水、谈人生。

很多人创业中的"第一次"也是在这里发生的，在这里拉来了第一笔天使投资、找到了第一个合作伙伴、招来了第一个员工……

今年 2 月辞职后，90 后创业女生李李，带着一个"打造纯天然染料"的创业想法来了车库。"他们每个人都很热情，给我展示他们的作品，听我说染料项目，帮我分析可行性。"一周的头脑风暴后，李李搁置了染料项目，加入了常驻车库的大学同学陆海峰的团队，做一个服装搭配的手机下载项目。

有人担心：几乎没有门槛限制的开放平台能否有效保护早期创业者的利益。"比如一些不靠谱的小'天使'，也许利用早期创业者们焦急寻找投资的心理，与他们签下不平等条约"。

老"车库"陆海峰说，"我在车库认识的朋友里，还没遇到类似事情，即使哪个朋友真的签了'不平等条约'，那也是他认为为了团队的生存有必要做出一些牺牲。早期创业者的头脑其实并不像有些人担心的那么不冷静。"

"其实成功的概率不算小，只是你得坚持，让自己活下去，等到成功打中你"

在和李李一起做服装搭配 app 之前，陆海峰有一个更像能"改变世界"的项目，商品回溯系统。这款产品名叫"锐码"，"扫一扫，就能知道产品的生产轨迹和原材料，帮助人们买到放心的商品"。他曾经在香港做采购工作，深受假冒伪劣产品之苦。

然而这项目进行并不顺利，"涉及领域太大，需要很多钱、很多人来铺渠道，对我来说很困难"。没有资金，项目组的人也快走光了。"创业的人要拼命跑才能活下去，我已经快死在半路上了。"

马年春节后，他正式搁置了"锐码"项目，开始转向服装搭配软件。"争取把这个做成了，赚点钱，再回去做锐码。"他仍放不下最初的梦想。

有人说，创业的成功率很低，100 个里可能 95 个都失败了。

在车库门口的招聘墙上，有一张笔迹稚嫩的招聘书："我们没有高额的工资付给你，我们没有很好的工作条件，即使有一天公司失败了，你也可以看看我们怎样一步步把一家公司做没的，这也是一笔难得的人生经验吧。"

在车库，坚持创业的故事比比皆是：

一位 50 多岁的阿姨曾是油田女工人，为教孩子学写字，在毫无编程基础的情况下自学，历时近 20 年自创基于"成字部首"的罗氏快速识字法；

一位古稀之年的退休大学教授，自学编程，开发出"汉字工具箱"软件，获过国际软件大奖赛金奖，被称为"国内年纪最大的软件程序创业者"；

一个经常来车库的创业者，17 年前赚得第一桶金 200 万，然后创业做了算是国内第一个在线机票网站，全赔了后开始自学技术，现在还在进行一次技术型创业……

还有魔漫相机，他们等了 5 年，才尝到成功的味道。创始人之一黄光明说，"其实成功的概率不算小，只是你得坚持，让自己活下去，等到成功打中你。"

为 2400 只鸟儿举行葬礼

曾祥伍

　　加拿大多伦多州的地方报纸，在显眼的位置上刊登了一条醒目的消息，一家玻璃生产公司将要为 2400 只鸟儿举行隆重的葬礼。

　　为鸟儿举行葬礼？真是闻所未闻。消息一经刊出，便吸引了全世界的目光，大家都在纷纷猜测这到底是怎么回事。

　　将要为鸟儿举行葬礼的公司叫 AADS，是加拿大数一数二的玻璃生产公司，也是世界上知名的企业，其生产的玻璃曾经因质量好、信誉高而销往世界各地。但是，自去年以来，由于竞争压力大，加上市场拓展研究的负责人突然离世，AADS公司的玻璃销售量逐渐萎缩，销售额降到了历史最低值。

　　"照这样发展下去，有一天，公司非倒闭不可。"公司总经理安德森忧心忡忡。

　　然而，祸不单行，正当安德森为如何提高公司的效益焦头烂额时，公司又接到了安大略省法院的传票。一个"鸟类保护志愿者"协会组织将公司告上了法庭，要求他们为 2400 只不幸死亡的鸟儿负责。

这又是怎么回事呢？原来在多伦多市中心，许多高楼外部都安装上了 AADS 公司生产的玻璃，一些鸟儿在白天飞行时，因为高楼的玻璃太亮，反射到周围不同的风景，跟实际的大自然差不多，因此，鸟儿还来不及反应过来，就已经一头撞死在玻璃上了。而夜间，也是由于玻璃的原因，致使办公楼内的灯光太亮，夜飞的鸟儿误以为发光处安全，在毫不知减速的情况下，直接撞到玻璃上然后死亡。

据"鸟类保护志愿者"协会统计，仅今年一年，就有2400 只鸟儿因 AADS 公司的玻璃丧生。这些鸟儿中，有 91 种不同的候鸟，除了最常见的品种金翅雀、以摩金莺外，当中还有一部分属于濒临灭绝的品种如加拿大莺、东部草地鹨等，十分珍贵。

法院审理后认为，AADS 公司生产的玻璃亮度太高，对鸟儿的意外死亡负有不可推卸的责任。最后法院裁定，AADS 公司要为这群无辜的鸟儿举行一场葬礼。

这个判决结果在公司内部引起了轩然大波。在公司的例会上，大家争论不休，有的说这纯粹是无稽之谈，天空那么大，鸟儿自己撞上了玻璃，跟公司有什么关系？有的建议提起上诉，要求法院重新审理；有的说要负责也应该是那些建筑商负责，因为是他们把玻璃安装到高楼上去的。

所有的人说出了所有的理由后，都在等待安德森做出决断，安德森看了他的同事们一眼，平静地说："各位还记得我们的企业文化吗？""绿色环保，注重效益，勇于负责。"其中一位同事说。

"对呀，所以我认为法院的裁定很正确。鸟儿也是生命，是维护生态平衡的重要一员，也应该受到尊重。我们一定要为它们举行一次隆重的葬礼。"安德森以不容置疑的口气说。

虽然公司内部尚有一些人对安德森的决定不理解，但在安德森的执意坚持下，公司上下立即投入到为鸟儿举行葬礼的准备之中。

2400只鸟儿的葬礼是在一个月后举行的，地点选在了国家公园旁边的一片草地上。那天，艳阳高照，彩带飘扬。大家都想亲眼目睹这一场前所未闻的葬礼是个什么样子，因此人来得很多。几十家的新闻媒体也赶来了，加拿大国家电视台还对葬礼进行了现场直播。

葬礼开始，一阵音乐过后，安德森代表 AADS 公司致"悼辞"。安德森向 2400 只鸟儿道了歉，并表示立即组织力量，对玻璃的生产工艺进行改进，避免类似悲剧的再次发生。

安德森最后说："动物是人类的朋友，是维持生态平衡的重要成员。热爱动物，保护动物，实际上就是保护家园，尊重生命。这应该是我们每一个人的责任。"

安德森的话刚说完，场下响起了热烈的掌声。

AADS 公司虽然输了官司，但其勇于负责的企业文化却赢得了人们的尊重。AADS 公司也因此名声大噪，世界各地的订单也纷纷拥向它，短短几个月时间，公司便实现了扭亏为盈。

加拿大著名的《时尚杂志》用大量的篇幅报道了葬礼的全过程，并评价说："一场匪夷所思的葬礼，不仅唤醒了人们热爱动物，尊重生命的意识，也救活了一家企业。"

灾难背后的商机

姓罗名强

日本"香味市场协会"理事长田岛幸信有自己的佐料仓库，有一次，因工人加工过程中操作不当引发火灾，仓库里面的佐料也全部着了火，燃烧后佐料产生的刺鼻气味伴着浓烟掩盖了整个仓库，尽管工人最后都安全撤离出来，但不约而同呼吸道都受到严重感染，医生在治疗的时候发现均有呼吸道灼伤的情况，调查发现，"凶手"原来是佐料中的芥菜种子燃烧后产生的废气，这是生产芥末的原料。

芥末，是一种调料，喜爱日式料理的人都能体会芥末的美妙滋味。但就是这种美妙的调料，让田岛幸信却大受其苦，原来，芥末燃烧后的气味过于浓烈且久久不能消散，让仓库周边几公里的居民都无法正常呼吸，睁开眼睛就流泪，喉咙也有被烧灼的痛感，戴眼镜、口罩仍然抵挡不住芥末的无孔不入，人们要求田岛幸信撤离仓库，赔偿损失，净化空气，一番折腾，田岛幸信支付了巨额的金钱来作赔偿，还在电视台上公开道歉，一时狼狈不堪。

他痛恨这场灾难带来的损失，在组织工人搬离仓库的时候，现场弥留的气味仍旧让他呼吸难受，他突发灵感：如果在报警器中加入芥末，发出声音和强光报警的同时，还散发出刺鼻的强烈气味，不就能让人们更好地知道火警吗？田岛幸信为自己的想法大吃一惊，说做就做，他立马联系到滋贺医科大学讲师今井真，讲述了自己的想法，后者也认为非常可行，商量之后，建立了一个研发团队，经过反复对芥末比例的调配，终于，世界上第一台带有气味的火灾报警器诞生了。

开发人员请了一位聋哑人亲身验证这套系统的功效，首先在测试者身上安装了测量心律和脑电波等数据的传感器，接着让他在房间中入睡，测试数据显示，当芥末喷出的时候，尽管测试者处于熟睡状态，还是很快忍受不了这种气味迅速醒了过来。随后，研发团队又在一家大型工厂的宿舍做了试验，效果非常好，所有人员均在 1 分 46 秒内反应过来，最后，他们又在酒吧等其他场所做试验，效果一样的惊人。

田岛幸信四处推广自己的发明，但起初不被人们认可，尽管市场上的报警器有缺点，但大家一时还是不能接受这样的新产品，直到一场火灾的发生，才让芥末报警器名声大起，原来，田岛幸信免费为社会福利场所提供了报警器，在其中东京一家的老年公寓中，凌晨三点发生的一场火灾却无一人伤亡，视频显示，尽管老人都在熟睡中，但提前预警的芥末报警器发出的气味，还是让老人全部在最短的时间醒来，然后撤离，而这个时候，大火还只在其中两个房间燃烧。事故报道让全国都知道了这种报警器，遂即，订单越来越多。

2011年的世界另类诺贝尔奖上，组委会把化学奖授予了田岛幸信的研发小组，奖励他们发明了这种强刺激性报警器，让那些听力不好或者睡得太死的人，也会在第一时间内被"叫"醒，挽救了无数人的生命。一时之间，田岛幸信的芥末报警器被推广到全世界，订单接踵而至。

谁也不希望遭遇危机，但一些偶然的灾难无可避免，逃避解决不了任何问题，只有想办法应对困难，化险为夷，在"危"中寻找新的"机"，像田岛幸信一样，开辟出新的市场，才能带来源源不断的生意。

创意也能救命

汤园林

在以色列，常常发生爆炸袭击事件，无论是坐公交还是在大街上行走，随时都有可能被弹片击中，鲜血在空气中弥漫，每个人都被恐惧笼罩。

看着那些被炸得血肉模糊的孩子，拉姆的心像针扎一样痛，孩子们那么天真无邪，他们的人生本应该像初升的阳光一样明媚，却无辜地承受着大人制造的苦难，早早地失去快乐，失去安稳，甚至失去生命。可是，作为一个普通的服装设计师，除了心痛，又能做什么呢？

那天，拉姆到街上采购布料，她把布料背在身上往回走，途中，不幸遭遇了爆炸，只感觉一股强大的力量将她掀翻在地，巨大的声响让她的耳朵嗡嗡直响。她被震蒙了，只感觉头脑一片空白。

等清醒过来时，传入耳中的是此起彼伏的哭声，她抬起头，发现街道上早已血流成河，很多人倒在血泊中，有人虚弱地叫着救命，有人发出痛苦的呻吟。她想，完了，自己肯定也受伤了。她试着动了动胳膊，居然没事，再动动腿，也没有感觉疼痛，然后，她完好无损地爬了起来。

可是，不是所有人都像她一样幸运。那次的爆炸，很多人受伤，几个年幼的孩子更是痛苦地走完了他们短暂的人生旅途，留给亲人无限的伤悲。

孩子的身体承受力弱，最容易在爆炸中丧命，在为这些孩子惋惜的同时，拉姆忍不住想，自己为什么如此幸运呢？那股冲力如此强烈，她没有理由不受伤啊，当时，那些布料正好压在她身上，是不是它们起到了保护作用？

如果布料可以保护人身安全，那么，人人都可以背着它出门了。当然，作为一个服装设计师，她肯定会想办法让人们穿上它出门。

头、心、肺、肾是人体最重要的部位，保护好了它们，就会大大降低死亡的风险，因此，拉姆决定把衣服做成背心的样式，连帽的那一种，既时尚又能保护头部。

用什么布料呢？普通的布料肯定没什么效果，拉姆把各种布料的优劣逐一比较后，最后决定用卡夫拉面料，这是一种军用布料，是防弹衣的主要材料，它能有效防止割裂，而且耐高温，不怕燃烧。

确定好了面料和款式，拉姆开始夜以继日地赶制，为了增加安全度，她总共缝制了十九层，重达四斤。衣服确实有些重，再把帽子戴上的话，头就会显得很沉，怎样才能减轻头部的负担呢？拉姆在衣服一侧安了一个带子，平时就把帽子放下来，遇到爆炸，只要轻轻一拉带子，帽子就会紧紧地戴在头上。

样品做出来后，拉姆申请了专利，并找到当地服装厂加工。第一批产品主要是针对儿童，儿童是最需要保护的人群，必须优先考虑。

还有什么比保护孩子更重要的事呢？因此，保命背心一面世，就受到了众多家长的欢迎，他们纷纷买给自己的孩子，细心地帮孩子穿上，看着孩子脸上露出的笑脸，他们的心也得到了一些宽慰。

而接下来，拉姆还有许多计划，她要制造出各种各样的保命服装，让每一个人都生活在安全世界里。

最好的创意就应该是这样，不仅做大自己的事业，更给他人送去关爱，有爱传承，相信拉姆和她的保命背心一定能够打动更多人，让那些生活在苦难中的人多一层保护伞。

用时钟为爱织一条围巾

独孤西门

塞壬·伊莉丝·威尔森来自挪威西南部城市卑尔根，20岁时，她前往德国柏林学习艺术和设计。两年后，她认识了现在的男友。冬天来了，柏林特别寒冷，她想送一件礼物给男友。

送什么好呢？手套有了，大衣也不缺，不如送条围巾吧，不但保暖，还是件浪漫的礼物。如果自己会织就好了，亲手为爱情织一条围巾，一定会给对方一个惊喜。想着男友系着自己花时间织成的围巾，威尔森就觉得特别浪漫。

可想到这里，她却有些气馁，因为她不会织围巾，只能上街购买。虽然最后买到一条比较满意的围巾，男友收到后也格外开心，但威尔森却一直高兴不起来，毕竟不是自己亲手做的，感觉总是缺点意义。

大学快毕业的时候，学校要求每个学生都要上交毕业设计作品，主题是"小细节让人生大不同"，要求作品必须兼具实用性和创新性，同时还需带有个性和幽默感。

威尔森在校期间，十分注重合理安排时间，平时她就格外反感浪费时间的行为，因此拿到作业要求后，她的第一反应是设计一款与众不同的时钟，以此提醒人们要珍惜时间，不要浪费生命。可是她虽然构思好了作品大概的方向，却又为设计一个什么样的时钟犯了难。市面上，各种风格和造型的时钟比比皆是，如何才能与众不同呢？一时之间，她也没有特别好的创意。正好这时，男友发来信息，提醒她要注意身体。

倍感温馨的同时，她又想起了那条令自己耿耿于怀的围巾。突然，她灵光一闪，为什么不把时钟跟围巾结合起来呢，这绝对是一个前所未有的独特创意。大受鼓舞的威尔森立马开始进行构思。经过几天的思考，一个可以织围巾的时钟出现了。

时钟的形状有点像鸟屋切面，左下角垂下的编织线通过中间环形装置，慢慢编织出来的编织物在逐渐变长，表盘一共被分为 48 个点，最顶端和最底部的两个点分别为 12 点和 6 点，而牵动着毛线转动的拉环就是指针，使用者只需根据拉环所在位置就能方便地读出当时的时间，时钟的整个表盘上找不到任何传统的时针、分针和秒针，取而代之的是一个涡轮状结构，使用者只需将毛线团穿在旁边的线轴上，然后将线头绕进涡轮结构就能开始工作。每半个小时，涡轮就会旋转一圈、织下一针。到一年之后，它就能够织出一条 2 米长的围巾了。

设计十分贴合"岁月如梭"这个成语，它披着时钟的外衣，却不为人们报时，而是为人们织围巾。年初购买这个时钟的朋友，到了年尾的时候就能收获一条"时光"编织出来的围巾。在此期间，人们可以从织好的围巾长度，大概了解"今年还剩多少时间"。

在作品设计的过程中，威尔森费尽功夫才完善了理念，她给时钟取名叫"Clock365"，意思是指"365天的时间"，提醒着大家时间是无形的，看不见摸不到，但又是真实存在的，要关注生命、珍惜爱人。"Clock365"时钟不仅能显示当前的时间，就连已经逝去和即将到来的时间也能通过围巾表现出来，让使用者直观地感受到每一分每一秒的流逝，使时间变得不再虚无。

当作品设计完成之后，威尔森的男友特别激动，说这是世界上关于爱情的最好的礼物。而威尔森也凭借该作品获得了设计大奖，更引起了北欧家居巨头"宜家"的关注，并以巨额的费用购买了她的设计，希望可以大规模生产"Clock365"时钟。

为爱人织一条围巾吧，哪怕是用"Clock365"。或许，一个优秀的创意，背后总是和爱有关。因为，爱的力量，可以超越一切的不可能。

"CY 故事"：生活中温暖的小片段

陈全忠

逛街的时候，你见过很多店铺，卖衣服的，卖数码产品的，卖书的……但是你见过贩卖真实故事的小店吗？在南京，80 后女孩丛平平就开了这么一个叫"CY 故事"的店，她喜欢听故事，并把听来的故事配上文艺范儿的图片，并针对不同的故事进行相关衍生品的开发，贩卖给更多喜欢听故事的人。短短 3 个月，这个故事店在淘宝上人气看涨后，丛平平又筹划在 2012 年年底开出自己的线下实体店。

喜欢搜集故事的女孩

2005 年丛平平从扬州大学电子工程及自动化专业毕业后，并没有选择理工科的工作，而是直奔南京，在一家知名的广告公司做文案策划。

丛平平喜欢写故事、听故事。不管和朋友出去吃饭，还是在火车上遇见陌生人，她总要主动搭讪，然后从他们嘴里套一个故事。

2012 年 5 月，她去了江西景德镇。在旅途中，丛平平还结识了一个同样来旅行的女孩。女孩给丛平平讲了一个很久远又很温暖的爱情故事：男女主人公是女孩的爷爷奶奶，现在大概八十多岁了，身体康健。爷爷奶奶刚结婚不久，爷爷因为工作关系被调去了很远的地方。有一年，爷爷托人给奶奶带回了一件新年礼物，是一瓶香水。那个时代的一瓶香水，可是一件不得了的东西，很多人连见都没有见过，奶奶也不例外。拿到香水之后，奶奶仔细想了想，将家人都叫过来，打开香水瓶，将香水全部倒出来，用一壶开水泡了，平均分给每个人。这样，大家都尝到了香水泡水的味道。奶奶后来托人给爷爷写回信说，你带回的那瓶洋水已经分给大家喝了，在家的每个人都喝到了，虽然是好东西，但是味道一般，可比不得家里的藿香茶。而且分量太少，只能尝尝，不管饱。

很简单的一个故事，丛平平却深深感动了，那个年代，一个在外打工的普通男人，会买一瓶香水来送给自己心爱的姑娘，才真正是一件特别浪漫的事吧！丛平平后来把故事记在本子上，取名叫《原来香水也可以喝》。她想把旅途中听来的这些细小的、真实的、打动心灵的小故事分享给更多的人。回家的路上，她突发奇想，为什么不能开一个故事店贩卖这些故事呢？即使赚不了多少钱，跟人们分享这些美好也是一件惬意的事情啊！

身边的朋友听到她的这个想法后也非常支持，现在市面上还没有出现过这样的故事店呢，索性在淘宝网上先将它开起来吧！做摄影的朋友说，你故事的创意配图就交给我了，保证每一个故事都会设计得赏心悦目。

2012 年 7 月，丛平平终于在自己繁忙的工作中抽出时间，在淘宝上开了一家以"故事"为商品的店，当起了掌柜。网店名叫"CY 故事"，CY 就是"创意"二字的拼音缩写。丛平平在网店的醒目位置写着：不卖化妆品、不卖衣服、不卖食品，主打商品不是实物，是故事。这是一家出售故事的小店，你可以带走别人的故事，也可以留下你的故事……她的网店里的 1 号故事便是在景德镇旅行路上听到的《原来香水也可以喝》。

衍生开发，故事生财

CY 故事店贩卖的故事不是悬疑侦探故事需要揭秘，也不是网络小说追不停歇，只是生活中的一个温暖的小片段，故事简单但有淡淡的情愫在。例如《早恋的故事》，讲述的是一个男孩早恋的经历，风格描述则是"青春、纯爱"。这些故事都不长，千字以内，标价均为 1 元。

开始，丛平平想做的就是分享，积累人气，没想过赚多少钱。她从各处搜集完这些故事，并从摄影师朋友那里找来与之贴切的照片，经过一系列的制作后把故事发到网上去，一个只卖 1 元。奇怪的是，这些发到网上的故事全都是完整的，不花钱也能看到，所以你可以选择为了这个故事花 1 元钱，也可以选择不花，丛平平不会强买强卖。大家完全自愿地为自己从故事里得到的某一种感觉埋单。

不过，这个奇怪的故事店通过口耳相传，一下子火起来了。短短的一个月，CY 故事店的点击和收藏量就冲破一万。目前在售的 46 个故事中，最受欢迎的故事一个月能卖出 36 件。买家们付款后，还认真地对这些"故事商品"进行了评价。有买家留言说："很喜欢你的故事，它让我笑得开心。"

除了卖自己的原创故事，丛平平还推出了故事寄售服务，如果你有故事想和别人分享，可以把自己的故事通过电子信箱发给她，她会对大家的故事进行整理，挑选出合适的故事放在网上出售。如果被卖出去了，讲故事的人会得到 80% 的分成。每天，丛平平的邮箱、旺旺、QQ 都会塞满故事。

当然，价格定得这么低，纯粹地卖故事并不能让自己衣食无忧，丛平平决定将故事店的产品线丰富起来，既有吸引人气的普通故事，也有高端的故事衍生定制产品的开发。

丛平平开发的第一个产品是代寄故事明信片，6 元一张。明信片是手写的，把你温暖的故事告诉丛平平，她编成唯美的文字，替你寄给某个特别想念的朋友。这个业务一推出，就很受网友们的欢迎，上线一周卖出 20 多件。网友 sisercoffee 收到明信片后评价说："非常感动，很温馨，好久没有收到过手写的信了，谢谢 CY 故事，让我又重温了那种温暖。"

忙碌于都市里的现代人，其实心里都隐藏着很多情绪和故事，他们需要倾诉，需要释放压力，卸下心里的秘密和包袱。

但是这方面不是丛平平靠写故事能解决的，需要专业的心理咨询师来疏导。丛平平邀请国家二级心理咨询师的朋友在线倾听，专业疏导，按每小时 120 元收费。

故事店开了一段时间，得到了很多人的喜欢和支持。有顾客来问定制故事、软文、策划、剧本、漫画什么的。丛平平想，这方面可是自己的专长啊，自己做了 7 年的策划文案，CY 故事店现在会集了几个不同特长的朋友，有作者、摄影师、设计师、画手、编剧……大家奔着相同的理想而来，希望可以做一些自己喜欢的事情。

从线上到线下，CY 故事开出实体店

曾经有人问丛平平："别人买了你的故事，有什么用呢?"她很文艺地回答："我不知道有什么用。看书有什么用? 听音乐有什么用? 看电影有什么用? 我希望 CY 故事店是一个包罗万象的小世界，我也相信这个世界上的人都是有故事的人。"

正因为如此，丛平平觉得故事店还可以做很多的事情，还可以继续完善。为了让每个月的故事主题性更强，她策划了很多话题故事。例如农历七月份是《七夕：爱情的姿态》，那个月一共征集到 10 个相关的爱情故事售卖。9 月份是《旅行的故事》，同样征集到了 7 个旅行故事上线。

很多人来小店之后，告诉丛平平，故事好看，图片更好看。丛平平突然有了新的想法，有人喜欢用文字记录故事，当

然也有人喜欢用图片记录故事吧！那么接下来就发展私人定制摄影故事吧。她力邀朋友狮子羊出山接单，狮子羊是南京优秀摄影师，也是南京最贵的摄影师之一。当然这个定制也不便宜，一单是 3880 元。丛平平强调，"CY 故事的私人定制拍摄不在千篇一律的摄影棚，不是千篇一律的姿势和 POSE，不是赶场子一样的流水线，不是表情木讷的苦笑……应该是拍你自己的故事，表现你自己的情绪，悲伤或喜悦、烦恼或惊喜、失落或感动、平淡或惊艳。记录的是故事，是生活，是生命中闪亮的一瞬间。图片是有灵气的记录方式，而不是一本宣传册。"

有个女孩子跟相恋四年的男友终究不能在一起，女孩子决定将她的故事用图片记录下来。她带着摄影师去了四年中他们去过的每一个有重要意义的地方，一起去过那么多次的学校食堂，一起看书写作业的图书馆，一起去过的电影院，一起手牵手散步的海滩，一起淋雨的梧桐树下……所有的地方走遍，而照片中的人，却只有女孩子一个。完成后，女孩说："将这本特别的故事书送给他吧。这一辈子，总也要这么疯狂一回。"

完成这单业务后，丛平平和摄影师商量，决定将私人定制摄影故事发展到线下，开出 CY 故事的实体店。2012 年 10 月底，她们已经物色到了一处合适的房子，将它改造成故事摄影棚。每一个人来到这儿，都可以按照你要求的故事形式布景，用最专业的摄影设备自拍心底最想表达的那个真诚的故事。丛平平说，自己也没有想到，凭借创意能将贩卖故事的事业玩到这么大。

瓶子村庄

琴台

20 世纪 50 年代，美国加利福尼亚州西米谷区生活着这样一对夫妻：男的是个泥瓦匠，有一手好手艺，成天乐呵呵地在高高的脚手架上忙碌着；妻子则是个红脸膛的高个女人，她没有工作，生活的全部内容就是收拾房间、做一桌热乎乎的饭菜、小跑着将两个顽皮的孩子拉到身边来。

谁都以为这样的平淡会一直继续下去，可是，黑夜却突然来了。

1953 年的冬天，泥瓦匠的两个孩子相继感染肺炎夭折了。听到消息的泥瓦匠从脚手架上摔下来，折了一条腿，躺了整整 3 个月。再爬起来的他，成了一个彻头彻尾的瘸腿酒鬼。妻子哭了 3 个月，整个人瘦成窄窄的一条，显得愈发高了，远远望去，就像一根披了衣服的木棍立在那里。

泥瓦匠不再去工地，家里的米越来越少，妻子只好去做洗衣工。可是，她那点微薄的薪酬根本不够男人打酒喝。

很多人都认为，这个女人很快要离开泥瓦匠了。尤其是那年冬天，醉酒的泥瓦匠碰倒了马灯，他们仅有的 3 间房子也在大火中化为灰烬。

可是，出乎所有人意料，冰天雪地里，那个匆匆赶回来的妻子，号啕着将安然无恙的丈夫紧紧抱在怀中。

房子没有了，可以再盖。如果他没有了，她的希望也就彻底破灭了。

教堂的神父看这对夫妻可怜，将看门人的小房间让出来，希望上帝的善举能够让泥瓦匠看到新生的希望。泥瓦匠拎着一瓶酒坐在房间门口，他的妻子用围裙揩着眼角，躬身向神父道谢。

神父摇着头走掉了。两个月后，春天来了，大片的风信子灿烂地开在教堂外面。神父看到，泥瓦匠横躺在长椅上喝酒，他的身边，妻子正任劳任怨地浆洗衣物。教堂门前，绿色的酒瓶堆得越来越高。来教堂祈祷的人，不得不忍着刺鼻的酒气冲过去。

泥瓦匠丝毫没有悔改的意思，神父的耐心也到了尽头，他随便找了个理由将这对夫妻赶出了教堂。

他们搬家的那天早晨，全村的人都在教堂做弥撒。等他们出来发现，原本堆满酒瓶的教堂门前，已经干净如初了。

远远地，人们看到那个高个子女人正拉着满满一车酒瓶向村口走去。她的身后，东倒西歪的泥瓦匠将一个空酒瓶抱在怀里，鬼哭狼嚎地唱着什么歌。

直到万圣节前一天，一个放羊的孩子飞快地跑回家告诉他的爸爸，村西的旷野中，有一座美丽的玻璃房子。

人们奔走相告并跑过去看，只见平坦的旷野上，灿烂的阳光下，一间用玻璃瓶子搭成的屋子正光芒四射地立在那里。

玻璃房子一侧，那个红脸膛的女人从一堵矮矮的玻璃瓶墙边立起身来。人们才知道，这座房子，竟是她用丈夫扔掉的酒瓶搭建的。

1.7万个瓶子，建成了一座房子。那个女人说：我年纪大了，不能再给他生个孩子，就再送给他一个家吧。

她笑嘻嘻地看着睡着的男人，亲昵地将破旧的毛衫搭在他身上。人们发现，虽然她的腰更弯了，可快乐似乎重新回到了她的脸上。

又过了一年，人们惊讶地发现，瘸腿的泥瓦匠提着一个巨大的编织袋重新出现在村子里。他嘿嘿笑着告诉昔日的邻居，自己戒酒了，泥瓦匠做不成，就做个拾荒人吧。

从此，这对夫妻就成了附近的一景。丈夫拎着袋子在后面走，妻子在前面一声又一声地惊呼：这里有一个好看的瓶子，那里也有一个好看的瓶子。

村西的旷野渐渐拥挤起来，泥瓦匠的妻子搭玻璃房子似乎上了瘾：从1953年到1978年，25年里，她一共完成了13座完整的建筑，其中包括人行道、教堂和许愿井。在他们的心中，一个家已经不够了，妻子想送给丈夫一个村庄。于是，没过多久，一些无家可归的老人和居无定所的流浪汉也开始住到这个"瓶子村庄"来。

繁星璀璨的夜晚，玻璃房子的灯火亮起来，素不相识的人们聚集在炉火前，荒凉的旷野忽然成了个温暖的港湾。

"瓶子村庄"成了一个传奇，越来越多的人慕名而来。1979年，美国加利福尼亚州西米谷区将"瓶子村庄"列为官方标志性建筑；1981年，又将"瓶子村庄"列为历史性标志建筑。

记者赶来报道这个故事时，泥瓦匠已经去世了。他的妻子正在用玻璃瓶搭建此生最后一个建筑——瓶子坟墓。她看着沉睡在墓碑上的那个名字，轻声笑道："孩子死了之后，他的心就成了一间没有窗户的黑屋子。为了让他重新看到光明，我用那些玻璃瓶搭建房屋，就是希望无论白天黑夜，都能让他时刻看到光明。感谢上帝，他终于看到了。"

将最后一个瓶子放到墓碑上，老妇人转身离去。"瓶子村庄"完成了，她的传奇也结束了。可全世界的人却永远记住了她的名字：特蕾萨·普瑞斯布蕾——世界上第一个为了驱逐黑暗而建起"瓶子村庄"的女人。

兔子博物馆，世界上最幸福的地方

柳丝

在洛杉矶百年老城帕萨迪纳安静的小巷里，有一幢白墙红瓦的木制小屋。房前屋后，一圈大大小小的铁丝弯成的兔子围坐在矮矮的红砖墙上。树木修建成的一只巨型绿色兔子，立在门前的草坪上，冲着来往的路人作揖行礼。看见它，你就到了兔子博物馆——这里被誉为世界上最奇特的博物馆。

因为爱情，每天互送给对方一只兔子

博物馆内共有近 3 万只不同的兔子，是全世界收藏兔子最多的地方。毛绒玩具、陶瓷摆设，不同质地、各色款式，从首饰到餐具，从巧克力到红酒，屋内的所有东西几乎都与兔子相关。

这是一幢满是兔子的甜蜜小屋。"我们把自己的家变成了博物馆——兔子博物馆。这是一个活着的博物馆。我们真的住在这里。人们来参观的时候，他们会看到我在洗碗或者做别的，我们住在这里。有时候他们需要一点时间来发现：嘿，你们住在这里。"兔子博物馆馆长坎达丝·弗瑞茨说。

这是一个关于兔子的爱情故事。"我丈夫和我互相叫对方亲爱的小兔，我们每天都会送对方一只兔子，作为一种爱的表现。所以，这是一个爱情故事。"坎达丝说。

一切发生在坎达丝和斯蒂夫·鲁班斯基还是一对情侣的时候。1993 年的情人节，斯蒂夫送给坎达丝一只毛绒小兔，小兔身上贴着一行字："我如此爱你"。坎达丝非常喜欢。

坎达丝和斯蒂夫把互相送兔子当成习惯，则是在斯蒂夫送给坎达丝第一只兔子之后的 6 个月。斯蒂夫等不到过下一个节日就想再送一只毛绒兔子。他又送了一只兔子给坎达丝。"之后，他把送兔子变成了日常一事。所以我们现在还是会每天都送对方兔子。"坎达丝说。

从此，这对情侣便对兔子情有独钟，开始搜集各式各样的"兔子"。每次出门旅游，或是逛商场，只要看见不同的兔子，坎达丝夫妇就会买回来收藏，他们把这个过程叫作"狩猎兔子"。于是，博物馆就因他们的这个怪癖而成长起来。

他们是世界上拥有兔子最多的人

1994 年，37 岁的坎达丝嫁给了斯蒂夫。婚宴上，斯蒂夫穿了一身俏皮的兔子装，装了两颗兔子大龅牙，还在宴会上模仿兔子跳来跳去。他们的结婚蛋糕也是用胡萝卜做的——俨然一对兔子夫妻。

1998 年，坎达丝发现她和斯蒂夫共同拥有的兔子已经多到淹没了整座房子。于是，他俩一起把自己在帕萨迪纳的房子改造成世界上第一座"兔子博物馆"。他们还起了一个别称，称这里是"世界上最幸福的地方"。

1999 年，夫妇俩以 8473 只兔子玩具申请了吉尼斯世界纪录，成为世界上拥有兔子最多的人。到目前为止，兔子博物馆里的兔子数量已经达到了 29445 只，而且这个数字还在不断地增长。

博物馆里的每一处空地都用来摆上了"奇装异服"的各式兔子：圣母马丽亚兔子、耶稣兔子、兔子灯、旋转木马兔子、柳条兔子、兔子罗杰、兔八哥……一进门的电视里，由坎达丝配音的一只卡通兔子每天热情地招呼着世界各地的游客。

坎达丝夫妇不仅收藏兔子，他们的生活也处处离不开兔子。兔子形状的扫帚、兔子形状的凡士林罐子、"兔八哥"碗、"愚蠢兔"谷物盒，甚至从墙纸、风铃、水龙头、电话直到床单，无一不是和兔子有关。

坎达丝说："我们有太多的兔子，现在必须把它们分类。这样当人们来参观的时候，我还可以让他们猜一猜在看的是哪一种。"

坎达丝和斯蒂夫还还养了很多兔子，有两只高龄长寿兔名字是蒙特利和英奇，分别是 9 岁和 6 岁。

"牺牲"的兔子被"种"起来重新生长

博物馆可以免费参观。平时参观兔子博物馆需要提前预约，但是在节日，博物馆会举行开放日活动，参观者们无须预约即可前往一探究竟。坎达丝欢迎每个来参观的人捐出 5 美元来，为他们活的小兔子买点蔬菜。

来参观的游客不仅可以看到来自全世界的兔子玩具，还可以与活的兔子玩耍，给它们喂食。在房子前面的车道上，画满了兔子粉笔画，全是游客的杰作。

如有小孩子来，坎达丝还会让孩子们在餐桌上拼一幅拼图，那是她第一只宠物兔的照片。在所有的藏品中，她最喜欢的还是斯蒂夫送她的一只会唱歌的电动兔子，歌曲是斯蒂夫自弹自唱的："我喜欢吃胡萝卜，所以我不会说谎。"

坎达丝珍爱藏品，因此定下严格的游客参观守则，如不能带包和外套进入展厅，不能触摸展品等。还有无处不在的警示牌，上面写着："每间展厅都装有隐藏摄像头"。

然而，免不了还是有"牺牲"的兔子。在屋后院子的一个角落里，有一个"破碎花园"。这里是一个破损藏品"墓地"，断成几截的瓷兔子、打破的玻璃兔子被随意堆在墙边。墙上还贴着海报写着："我们不会扔掉破碎的'兔子'，而是把它们种在这里重新生长。"

兔子博物馆的吉祥物小甜甜曾是生活在馆内的一只小白

兔，它去世之后，坎达丝和斯蒂夫就找人把它制成了标本，收藏在馆内。

就是这样一个兔子博物馆，有生，有死，有圆，有缺，有爱，有乐。曾经，一个游客参观了一圈以后，认真地说："我想埋葬在这里。"

坎达丝说，或许可以为那些逝去的人的骨灰盒提供一个摆放的墓园，作为兔子博物馆永久的捐赠品。"即使我和斯蒂夫死了之后，也不会把博物馆卖了。我希望能有一个办法，让它完整地和我们一直在一起。"

创可贴：小发明带来的大便利

程 刚

创可贴是人们生活中最常用的一种外科用药，具有止血、护创作用。它由一条长形的胶布，中间附以一小块浸过药物的纱条构成。就是这个小小的药贴，极大地方便了人类对于小块创伤的应急治疗，成为千家万户常备的药物。而它的发明，却别有一番趣味。

1901 年的一天，美国青年埃尔·迪克森和一个富有家庭的女儿马莉结婚了，妻子心地善良，也并不娇气，但由于各项生活琐事都有人照顾，因此，她根本没有做家务的能力。马莉的父亲帮他们请了保姆，饮食起居等都有人照顾，2 人过起了幸福甜蜜的日子。可 1 年后，马莉的父亲被人暗杀，一夜间他们由富人变成了穷人。

日子还得继续，他们开始外出做工。迪克森成为一家绷带公司的员工，马莉在一家农场干零活。因为马莉从小到大什么活都没有干过，所以总是她笨手笨脚，每天手上都会带着伤，每晚下班回来，迪克森都要为她包扎伤口。他想，如果自己恰好不在，妻子弄伤了手该怎么办？如果有一种特殊的包扎绷带，在妻子受伤而无人帮忙时，她自己就能包扎好，不是很便捷吗？这个小小的想法就这样存在了他的心里。

一日，迪克森的一位工友在高度疲惫的状态下工作，手臂被机器严重打伤，血流不止，迪克森赶紧拿来一块纱布给工友包扎，又用绷带缠了一层又一层，总算止住了血，然后迪克森带着工友去医院。

到医院时，由于伤口流血太多，纱布竟然和绷带粘连在了一起。而就在处理伤口时，医院来了一个急诊，护士们不得不放下迪克森的工友，去救治那个急诊。护士推着急诊床往外跑，不小心挂到了迪克森工友受伤的手臂，顿时血又流了出来。只见那工友迅速把粘连在一起的纱布和绷带拿起来，用嘴叼住绷带的一端，另一只手把纱布放在出血的位置，然后快速地缠绕起纱布，这一幕正好被刚出去为工友办完看病手续回来的迪克森看见，他灵光一现：如果纱布能和绷带连在一起，就完全可以实现一个人包扎了。他顿时为这个发现兴奋不已。

回到家后的迪克森开始做起实验。他拿了一条纱布摆在桌子上，在上面涂上胶，然后放到绷带的中间，把纱布和绷带连在一起，但试了好多次，效果都不好，一来这粘胶暴露在空气中时间长了就会干，二来黏合性不好，后来，迪克森干脆把绷带改成了胶带，然后把纱布贴在上面。后来，他又想到，这个东西目前只能包扎，并不能更快地止血，他就把纱布浸泡在能止血的药物液体里，一段时间过后拿出来，再把它粘到胶带上……经过不断地改近，最初的"创可贴"便诞生了。一开始，迪克森把它叫作"即时药布"，后来，它的发明得到了强生公司的支持，做了进一步改进并快速生产，很快便传遍了世界，后来，公司把它命名为创可贴。

现如今，这种简单实用、能够包扎小创口的东西已成为我们家庭生活的必备品，它的功能作用也在不断拓展，可以修补帐篷或睡袋，还能预防晕车……迪克森没有想到，他的一个充溢着朴素爱意的小小发明竟给世界带来了极大的方便。

第二辑：好创意能够hold住一代人

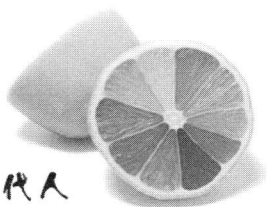

一个改变"咖啡渣"命运的人

陈之杂

洛克塞·肖卡是千千万万靠咖啡产业过日子的哥伦比亚人之一，他在波哥大市的一家咖啡公司里做碾磨师。洛克塞出生在布卡拉曼加的一个建筑师家庭，年轻时也曾随着父亲做过建筑，但后来因为脚部受了伤，才改行进入了咖啡业学做碾磨师。

咖啡在碾磨加工过程中会产生大量的咖啡渣，咖啡渣不但坚硬，口感也差，就连给家畜做饲料都不要，长期以来它只有一个命运，就是被当作废物扔掉。洛克塞所在的那家咖啡厂自然也是一样，每天都会有无数袋咖啡渣被拉出工厂直接倒掉或者掩埋。看到这样的情景，洛克塞心里很不好受："难道这些咖啡渣真的百无一用吗？"他开始动脑筋想让咖啡渣也能发挥出最大的价值。

有一次，洛克塞像往常一样在厂房里碾磨咖啡，在调试一杯咖啡的时候，他一不小心把糖水瓶倒翻在了一堆咖啡渣上，洛克塞当时也没太在意。然而当他在下班前准备清理这些咖啡渣时，没想到那些咖啡渣竟然牢牢地结成了块状，砸都砸不开。曾经从事过建筑行业的洛克塞突然灵感大发，既然如此牢固，如果把咖啡渣做成建筑材料，那会怎么样？

用糖作辅料加工建筑材料固然不合适，那么用什么东西取代糖，而且既不易腐烂又牢固呢？洛克塞在走访了无数家建筑材料工厂之后，最终选定了用 PS 粉，PS 粉既便宜又牢固，最主要的是无毒无害，非常符合绿色环保的概念。洛克塞尝试着用回收的 PS 粉和咖啡渣混合起来，然后用特殊方法进行加工。果然生成了各种质地坚硬的柱体和板形材料，洛克塞把它取名为咖啡渣复合材料，这些复合材料在加工过程不用使用胶水，也不必使用钉子，因此既不会产生甲醛，成本也更为低廉。咖啡渣复合材料在很大程度上可以充当木材的替代品，减少了对森林的破坏。洛克塞相信，这种优势一定会使咖啡渣复合材料成为一种很好的建筑材料。

洛克塞随后向哥伦比亚政府申请了咖啡渣复合材料的专利。这种对整个国家甚至是整个环保形势都有利的事情，哥伦比亚政府非常看重，还特意赞助洛克塞成立了咖啡渣材料制造公司，让他用自己的技术生产这种材料！

一年后，洛克塞的第一批咖啡渣材料终于出炉了，他尝试着在厂外的公园里造了一幢浴室、厨房、餐厅、客厅一应俱全的三室一厅的"样品房"，结果全部造价还不到七千美元。对于这种材料的牢固程度，工程师们在检测后发现，住在这样的房子里，即使遭遇到山体滑坡也不用害怕，没有哪一块石头能有足够的力量将其压扁！

　　这时，洛克塞不失时机地把咖啡渣复合材料推向了市场，果然受到了无数建筑商和普通消费者的抢购，那种变废为宝、造价低廉、节约木材、轻便安全，集众多优点于一身的咖啡渣材料，很快成为人们盖房子的用料首选，咖啡渣房屋更是成为了哥伦比亚人新一代的住宅典范。

　　就这样，整个哥伦比亚国各个咖啡厂商所产生的咖啡渣都源源不断地流进了洛克塞的工厂，而用咖啡渣做成的复合材料又同样源源不断地流向市场。短短一年时间，洛克塞就已经先后在麦德林、卡利、巴兰基亚、卡塔赫纳等十余座城市建立了总经销，甚至包括中国、美国、英国在内的无数个环保理念比较强的国家，也纷纷开始向其飞出订单，一片供不应求的景象！

　　洛克塞凭借着大胆的设想和独特的智慧，不仅成功改写了咖啡渣的命运，还成功改写了自己的人生。

小雨伞撑起大王国

方草

亚马孙河位于南美洲的巴西境内，是世界上流域最广、流量最大的河流。它滋润着两岸数百万平方公里的广袤土地，也孕育了全世界最大的亚马孙热带雨林。

亚马孙河两岸都是像千层饼一样奇特的地貌，再加上到处都是茂密的原始森林，动植物资源和种类极其丰富多彩，所以，这里每年都吸引着全世界数以亿万计慕名而来的游客。

人群就是商机，川流不息的游客给两岸居民带来了无限的商机。饭店、商店、旅馆、旅行社犹如雨后春笋般，遍布了亚马孙河流域的每一条大街小巷。

热带雨林每年的 12—4 月份称为雨季。每当雨季来临，一天要下好几场雨，每场雨都有可能持续一两个小时甚至更长的时间。所以，这里最好卖的就是雨伞，卖得最烂的也还是雨伞。

在所有的街道，几乎每一家商店的柜架上都胡乱堆放着十几种老式的雨伞。这些雨伞的价值在当地人眼里似乎可有可无，就像是每个小店必备的那些毫无利润可言的小包面巾纸一样。

然而，实在令人费解的是，当地一个叫罗杰里奥的年轻人，居然在闹市区盘下了一间门面，准备专门销售雨伞。得知这个消息，亲戚、邻居几乎个个反对。即便几个隔壁店面的老板也私下里说，这个年轻人疯了，在这样的黄金市口卖毫无利润可言的雨伞，不亏得倾家荡产才怪呢。

罗杰里奥不这样想，他认为，每年有亿万的游客来亚马孙河流域旅游，只要是能抓住顾客，何愁没有商机。罗杰里奥的"雨伞王国"在众人的一片嘲笑声中低调开张了。

首先，他招聘人员在火车站、汽车站等人流密集的地方大量散发宣传单，承诺可以免费送货。并且大量赠送手提袋和一次性雨伞，当然这上面同样也印有醒目的标语：不管你在茂密的热带雨林还是亚马孙河的敞口船上，一个电话，我们将把雨具送到你的手里。

在当地，除了使用雨伞，传统的巴西市民很缺乏其他的雨具。经过充分的市场考察和调研，接下来，雨伞王国开始大力发展雨帽、雨衣、雨靴、雨裤等一系列配套产品。这样，不仅方便了游客，也使那些一手抓着雨伞在风雨中骑车的上班族可以腾出手来，而在泥泞中出行的市民也再也不用担心脚底会被荆棘扎破了。这些人性化的措施，使得该公司很快站稳了市场。

半年后，罗杰里奥开始在他的雨伞上打印一些大公司的广告，这些广告几乎在一夜间布满了亚马孙的热带雨林。直到这时，所有的雨具经销商这才猛然醒悟，原来，罗杰里奥卖的并不是单一的雨伞，雨伞王国也绝不是靠雨伞赚钱，该公司真正的生财之道在于无处不在的广告。但为时已晚，此时的雨伞王国早已占据了亚马孙流域98％的雨伞销售份额，铺天盖地的广告收入让罗杰里奥赚了个盆满钵满。

从建立起第一间门店到发展数百家雨具广告公司连锁店，他只用了不到5年的时间，而他的员工也从最初的十几个人一下子猛增到9000多人。前总统卢拉曾亲切地拍着他的肩膀说："一万个巴西家庭与你息息相关！"

成功真的无处不在，像罗杰里奥一样，在热带雨林卖雨伞，在所有人看来，几乎都是无利可图的事情，但即使如此，他还是成功了。他独辟蹊径，用一把把小小的雨伞撑起了他的商业王国。

被子上作出好文章

罗小四

迈克森是一名商人，从小就喜欢阅读，无论工作多忙，他每天都会抽时间看书。就连晚上睡觉前，他都要读上半个小时，然后才能进入梦乡。

有一天，迈克森出差到另外一个城市。等洽谈完生意后回到酒店的房间休息时，他才发现自己忘记了带书，而因为时间太晚，书店也早已关门。无奈之下，迈克森只好看电视，可频道换了无数回，还是没有睡意。闭上眼睛数星星，自我催眠，用尽各种办法，他还是睡不着，折腾到凌晨三点，才因为过度疲倦终于入睡。

第二天，在回家的路途中，迈克森看到街上有一群嘻哈少年，穿着印有文字的衣服，他突然想到："可不可以在被子上也印刷文字，让人阅读呢？"

可是，随即他又否定了自己的想法。因为被子的面积看似很大，但因为人是躺或者坐在床上，字就不能像常规的书一样小，因此一床被子只能印刷很少的内容，谁也不会几年看一篇故事啊。

回到家已是傍晚，洗漱完毕后，迈克森又拿起了心爱的书，坐在床头翻阅起来。

等等，翻阅，既然书籍可以翻阅，为什么不能做一本可以翻阅的被子书呢？想到这里，迈克森兴奋得跳了起来，上网查阅后，他发现全世界居然没有这样的被子，这也许就是一个商机！

于是，迈克森开始了自己的设计。他先将被子中间的棉花取消，直接用棉布做成一层层的被面，这样既可以保暖，也可以达到增加书籍内容的效果。然后，他把一本书的内容，按照书籍的排列方式，一页一页复制到被子上。

接着，迈克森迅速联系上一家被子生产商，几天后，第一床被子书很快被制造了出来。满怀激动的他马上把被子拿回家放到床上，兴冲冲地赶紧上床体验。可结果却让他十分气馁：原来，被子太大，远处的字根本看不见，而且由于被子很软，翻起来也不方便。

迈克森有些失望，但他没有放弃，立即又投入到新的研究中。为了能看清被子远处的字，就把字设计大了一些，只是在解决被子过软不好翻阅的问题上，花费了很多心思。他试验了很多次，最后，采取了在被子织造过程中，隔一段距离加上一些更硬的亚麻，终于解决了这个棘手的问题。

成品终于出来了，迈克森很高兴，还在网站上做了一个调查。让他兴奋不已的是，有不少人都表示对被子书很感兴趣，这让他信心大增。

迈克森又找了许多儿童喜欢的读物印到被子上，并且针对不同年龄来选择书籍，童话、故事、文学经典……此外，还有专门给学龄前儿童准备的识字图片被子书，也有英语单词工具被子。

被子书投放到市场后，引起了强烈反响，几百床被子，一周内就销售一空。看到市场前景如此好，迈克森马上又着手联系生产，紧接着开发了适合大人阅读的被子书，并将其推销到了酒店。

今天，如果你去英国，到酒店入住的时候，你可以"点"一本迈克森发明的被子书来看看，幽默笑话、名人经典、美文赏析、小说故事……当然，也有恐怖小说，前提是你一会儿能够安然入睡。

下水管道里开旅馆

祝师基

　　德国的贝尔纳公园园长埃弗斯一直有个难言的心病：前期施工，剩下五根下水管道由于太重，未来得及清运，就被摆放在草坪上。谁知，这些长 3 米、直径达 2.4 米的管道竟成了一些无家可归的流浪汉的栖身之处。

　　如果这些流浪汉只是在这儿睡觉倒也罢了，可他们却在这里遗留下大量的垃圾，还为了争夺"地盘"大打出手。天长日久，这里竟成了露天垃圾场。为此，公园要花费大量钱财清理。更为恼人的是，这也给公园留下了严重的治安隐患。

　　起初，埃弗斯让保安把那些流浪汉"请"出去。可没过多久，流浪汉们又回来了，依旧钻进管道里"安家"。为了彻底消除烦恼，埃弗斯决定搬走这些下水管道，还公园清净。于是，他去清运公司联系运送管道事宜。

　　谁知，半路上一个有趣的现象吸引了他：当他走到一个十字路口时，发现在中心小花园工作的朋友，在两人合拢才能抱住的灯柱里，进进出出忙得不亦乐乎。埃弗斯前去打招呼时，发现空心灯柱的直径跟下水管道差不多。朋友指着巨型灯柱开玩笑说："我们经常来这儿工作，这儿就像一个流动的家，你要想暂时住在里面，只需安装一张床。"

"流动的家？那我何不将那五根下水管道各自打造成移动的家呢？这样一来，不就变废为宝，发挥作用了吗？"

想到这儿，埃弗斯立即掉头回公园，开始全力建设他的下水管道旅馆。每间旅舍里的床、桌子、凳子、厨灶、卫生间等一应俱全，还配置了电脑，拉上了网线。而且，隔音效果非常好，营造出了一个奇妙的远离尘嚣的安静环境。

旅馆奇特，客人入住方式也很神秘。旅馆不设前台，客人入住旅馆必须通过网上预订。成功后，客人会收到一个客房开门密码的手机短信。这样，当客人前来入住时，只要对着特制的石门按下密码，门便会自动打开。而且，客人离开旅馆结账时，全凭自己意愿，想付多少钱就付多少。事实上，客人付的账都超过了当地其他旅馆平均居住价位。

更为有意思的是，这座下水管里的旅馆还推出"限住令"：每位客人每次最多只能连续居住三天，之后必须离开。

原来，埃弗斯经过调查发现，三天是人们对环境保持新鲜感的极限时间。三天过后，人们开始逐渐厌倦所处的环境和氛围。难怪，由于奇特旅馆的独特措施，使贝尔纳公园迅速成为德国的著名公园，公园也因此成为该城市的一张名片，每天来这儿参观旅游入住的客人络绎不绝，公园每年都能美美地赚一大笔钱。

　　只要有一个善于发现的眼光，世上就没有无用的东西。有时，将思维掉个头，就是大出路。

把孤独卖给欣赏的人

刘云利

美国人霍布森是个不拘一格的摄影师，因为他的摄影触角有点与众不同，他特别喜欢地球上人迹罕至的地方，他觉得这种地方最具画面感和静态美。

为了找寻这些地方，他可以说不畏艰难险阻，甚至愿意冒着生命的危险。2001年，他只身来到纽约州人迹罕至的阿迪朗达克山区，那里野兽遍布，险象环生，但也有层峦叠嶂的山，碧绿的湖水，茂密的树林，这些都成为他摄影的主角。就这样，他沿着山路一走就是七年，所到之处都是人迹罕至的地方。在他看来，拍摄这些美丽的照片，才是承载他人生意义和价值的所在。

2007年，在纽约的摄影拍摄完毕后，霍布森把阿迪朗达克的照片结成集子晒在网上，没想到众多摄影师对霍布森的作品进行跟帖，他们不约而同地称霍布森为摄影界的真达人。

这时，一个叫汤姆的洛杉矶电影制片人，看到霍布森的照片赞叹不已。他打算找霍布森切磋一下，让霍布森帮忙指导一下如何把摄影艺术运用到电影中去。

电影的拍摄地点就在洛杉矶。而霍布森对洛杉矶又相当不熟悉，可是电影拍摄的时间又很紧张，已经容不得霍布森亲自到处转转了。这可怎么办呢？霍布森陷入无助中。

当晚，他回到家中，坐在客房里冥思苦想。突然女儿问他，爸爸你知道景山小区在哪里吗？我们同学周末有个Party。霍布森摇摇头。女儿忽然说，我有办法了，找新出的谷歌街景不就好了吗！

对啊，女儿的一句话让他茅塞顿开。2007年谷歌刚刚推出一项地图服务，使用者可以借助谷歌街景游览世界。

他赶紧行动起来，完全没有想到，谷歌街景提供的不是平面地图，而是360度实景浏览。不仅如此，谷歌专门用来拍摄街景的专用车覆盖范围相当广，除了全球各大城市外，还可以进入任何通公路的地方。

渐渐地，霍布森完全沉迷于借助这种地图进行虚拟旅行。因为，这样他就可以不用耗费巨大的人力、财力去那些人迹罕至的地方了。

一天他突发奇想，我为什么不能用街景车拍摄照片赚钱呢？说干就干，霍布森将街景车拍摄的照片进行后期加工，按照主题进行分类，他最先确定的主题就是"荒芜"。他认为，地球上越是荒芜的地方，越是人迹罕至的地方，景色就越美丽，就越有画面感。

于是，他拍摄了爱尔兰荒野上一辆孤独的大篷车，意大利南部克罗托内一处水塘边一栋老旧房屋，捷克萨斯卡一条幽深小巷中躲在建筑物后面偷窥的小女孩，英国阿伯丁郡因弗拉洛希一幢幢石屋……

霍布森用镜头通过一个个静止的画面讲述了世界上最孤独的故事。他将2000多张照片整理成系列作品——"Cirlemascapes"，以孤独的视角诠释美的意境。这些照片还在纽约一家高档艺术画廊进行展出，在业界反响强烈，众多爱好者都对他的作品竖起大拇指。

为了验证作品效果，他精选了100张贴在网上，没承想点击率达到上百万。2011年夏天，看到如此受欢迎，霍布森针对驴友们策划了一本专辑叫作《孤独星球》，专门把那些人迹罕至的地方介绍给爱好旅游的朋友。该图书第一次印刷50万册，售价25美元，刚上市便一抢而空。

截止到2011年年底，霍布森还出版了关于建筑的《舞之灵》和关于鸟类的《羽之美》两个主题专辑，均受到旅游爱好者的青睐。

把地球上人迹罕至的地方，卖给那些懂得欣赏美的人。霍布森用他发现美的眼睛，找到了和商业的契合点。其实，生活中处处藏着商机，我们只是缺少发现而已，不是吗？

把牛奶做成衣服

陈亦权

这个世界上没有什么梦想是荒诞的，只要坚守信念，努力追求，再荒诞的梦想也会变成现实，哪怕是像用牛奶做衣服这样听起来简直不可思议的事情！

28岁的安可·多玛斯科是德国汉诺威市一家小型服装厂的普通设计师，虽然她努力地工作着，但她总觉得这样碌碌无为的生活并不是自己所要的，怎么样才能使自己的命运拐弯呢？安可为此伤透了脑筋。

去年初的一天，安可起床后开始吃早餐，在打开冰箱取牛奶的时候，她不经意地留意到洒落在冰箱玻璃隔层上的牛奶中，带着一丝丝的"纤维"，这让安可突发奇想：能不能从牛奶中提炼出牛奶丝来？如果可以的话，是不是能够用来纺织成面料做衣服？安可觉得，如果这件事情可以成功的话，就是一项了不起的创新，远比日复一日地做着那些稍纵即逝的设计更有意义！

安可很快来了兴致，她开始买回一些牛奶成天做实验，同时还不断地进出附近的图书馆和生物研究所，有时候甚至在工作的时候也会分心走神，正因如此，她在服装厂里的表现越来越差，老板找她谈话了解情况，当得知安可正在打牛奶的主意时，他不屑地说："你头脑发热了吗？你不会觉得这样的念头太荒诞吗？我要求你立刻停止那些无聊的研究，全身心地投入到工作当中来！"

安可对老板说，如果她真的可以成功，他的服装厂也将成为受益者，可是老板却说："我并不需要你的创新，我甚至可以断定你的研究只有一个结果，那就是失败！"最后老板还警告安可说，如果她再不放下那些所谓的研究，就把她开除。

然而，安可却没有因此而放弃自己的想法，她觉得老板并没有从事过这方面的研究，他的判断不能代表任何东西，所以安可依旧坚持着自己的梦想，终于有一天，老板实在受不了她在设计工作上的表现，真的给她下了解雇书——把安可开除了！

被解雇后的安可反而落得清静，再也不用看老板的脸色了，也再不用受工作压力的打扰了，她全心全意地把精力都投入到了牛奶丝的研究当中去。让所有人都没有想到的是，半年后，安可真的从牛奶中提取出了"牛奶丝"，这种牛奶丝由高浓缩的牛奶酪蛋白制成，是世界上第一种完全不含化学成分的人造纤维。酪蛋白从干奶粉中提取出，在一种类似于绞肉机的机器中和其他几种天然成分一起加热，牛奶纤维成股涌出，在纺织机中纺成纱。牛奶丝布料感觉像丝绸，但没有味道，洗涤也没有特殊要求。而且它是纯天然的。制作一件纯"牛奶衣"需要 6 公升牛奶，成本在 150 欧元（合 199 美元）至 200 欧元之间。虽然价格昂贵，但"牛奶衣"不会过期，在加热过程中，分子的结合使蛋白质不会分解。"牛奶丝"布料属生态纺织品，其中所含的蛋白质的氨基酸具有抗菌、抗衰老功效，还有助于改善血液循环、调解体温。

安可很快带着自己的成果找到了德国著名的 MCC 时装公司，结果她的牛奶丝面料让 MCC 公司非常赞赏，双方很快开始合作生产牛奶布料并应用于时装系列，第一批牛奶丝服装一问世，就被米莎·巴顿和阿什莉·辛普森等一批著名影星定购，而安可更是把牛奶丝面料设计成了一个全新的服装系列。短短一年时间，安可的牛奶衣就革新了德国顶级时尚风潮，她本人也由一名小小的服装设计师成了一家著名服装公司的设计部经理兼董事成员之一。

"这个世界上没有什么梦想是荒诞的，只要坚守信念，努力追求，再荒诞的梦想也会变成现实，哪怕是像用牛奶做衣服这样听起来简直不可思议的事情！"前不久，德国《时尚》杂志围绕牛奶丝对安可进行了采访，面对记者，安可发出了这样的一番感叹。

我要做那一条小黑鱼

石兵

Etsy 是全世界最大的在线销售手工艺品网站，创办于 2005 年。目前拥有几十万名设计师，手工制品销往全世界 150 多个国家。2011 年在线成交额近 5 亿美元。

Etsy 的创始人是 32 岁的美国小伙罗布·卡林，如果你问他 Etsy 的商业模式与成功秘诀，卡林会给你讲一个小黑鱼的故事：大海里住着一群红色的小鱼，只有一条是黑色的。有一天，凶猛的金枪鱼侵袭，要吃掉所有小鱼。小黑鱼灵机一动，让小红鱼排列成比金枪鱼还大的大鱼的样子，自己当眼睛。就这样，金枪鱼被吓跑了。

这是卡林最喜欢的童话。在他看来，全世界靠手艺吃饭的手工业者在批量化生产的商品时代正变得日益弱势，就像大海里的小鱼。而他就要做那条小黑鱼，成为"眼睛"，让手工业者生活得更好。

因为父亲是一个木匠，卡林从小受到熏陶，喜欢制作小手工产品。他对纽约、洛杉矶等大城市中的手工爱好者群体非常熟悉，这些爱好者经常组织一些交流活动，顺便出售或交换一些自己的作品，但因个人力量太小，始终无法形成规模，这也导致许多爱好者最终选择了放弃。作为一个疯狂的手工艺爱好者，卡林渐渐有了一个念头，创办一家完全销售手工艺品的网站，为手工艺爱好者建立一个家。

2005 年 6 月，卡林跟几个朋友花了足足两个月的时间，不眠不休地创立了 Etsy 网站。

网站建好了，成群的小鱼中终于有了一条能做眼睛的小黑鱼，但是，他们的对手依然强大。当时，手工艺品网站的老大是 eBay 网站，交易额超过 1 亿美元，而 Etsy 只有 4 名初出茅庐的草根创业者。面对困难，卡林并没有惧怕，他代表网站发表了宣言：为爱好手工制品的人们提供交易和交流场所。

在 Etsy 上开店，注册账号免费，每陈列一件商品 0.2 美元，成功交易一次交 3.5％的佣金，这与其他网站并无二致，但卡林特别规定：每一件商品必须由设计者亲自设计，必须是手工制作，每件产品必须标有设计者姓名，绝不销售批量生产的商品。这条规定一出，很快断绝了那些准备批量生产工艺品赚大钱的商人的念头，但同时，也引起了真正手工艺爱好者的强烈共鸣。

为了确保规则不被破坏，Etsy 每天运用电脑工具和老练的审查人员对每一件设计产品进行审查。最重要的是 Etsy 社区里有许多热心维护手工业者权益的人，他们常常义务帮助网站查看产品，并匿名举报违反规则的网店。这确保了 Etsy 上的产品绝对不会雷同，能够真正保护设计师的知识产权和利益。

Etsy 的金牌店主米伦说："跟能被无限复制的商品不同，每一件手工制品都是独一无二的，而且每售出一件产品，我都能听到不同顾客的不同故事。要知道，这不仅是我的生意，更是我的理想。"

正是因为把生意放在了理想的高度，Etsy 才吸引了一批真正的手工艺者，并建立了良好的商品信誉。从某种意义上来说，卡林不仅是在做电子商务，更是在营造一种文化。他成功地充当了小黑鱼的角色，成为成千上万条小鱼的眼睛，为他们指明了方向，并有了抗衡其他强者的力量。

一只碗带来百万财富

朱荣章

在北京一家私企当文员的庄静芳，5 年中饱尝了无数个加班熬夜的苦滋味，她的胃被廉价的方便面给"弄坏了"，每到晚上加班的时候，办公室的垃圾袋里就堆满了方便面盒子，散发出一种难闻的气味。庄静芳常想："能不能研制一种可以吃的碗，既环保又省事。"

2007 年 4 月的一天，庄静芳去一家蛋糕房给一位过生日的同事订蛋糕，店主给她推荐了一个能防水的蛋糕。店主介绍说："现在流行在野外过生日；带上这种防水的蛋糕去游泳或漂流，它都可以保持完好无损，因为蛋糕中加入了一种可食用的胶体。"店主的一番不经意的话却让庄静芳联想到用它来做"碗"的问题。她想：不怕水泡，不怕挤压，而且携带方便，这不正是自己想象中的能吃的碗吗？

回去后，庄静芳迅速查阅了这种蛋糕的制作工艺，她发现蛋糕里加入的是一种泰国米浆，这种米浆凝固后使食物变得很结实，不怕水泡，就是店主说的胶体。庄静芳决定先用它生产几个面包碗来试试，于是她向一家意大利面包店下了订单。两天后，5 只颜色不同的面包碗就做好了。

庄静芳带着这些碗回到了办公室分发给同事们。同事们拿面包碗泡面、打米饭和盛菜汤，竟然一点不漏。庄静芳从同事们的"啧啧"称赞中看到了巨大商机。庄静芳又制作了一批面包碗，分发给更多的人试用，结果是赢得了同样的好评。随后，她印制了一些有关面包碗的宣传单，在附近的写字楼内发放，反馈回来的信息让她兴奋不已——竟有百余人向她订购面包碗。她计算了一下，如果按每只碗赢利 1 元钱计算，一个人每月需用 20 只，那她每月要有 2000 元的额外收入了。庄静芳认为每月 2000 元的额外收入太少，自己完全有能力让收入翻番。因此，她利用自己在写字楼的优势，千方百计寻找客户，一个月下来，她竟发展了近千位客户。

因为面包碗的好处是摆在人们面前的，所以，使用它的人越来越多。可也有人向她提意见："本来吃米饭已经很干了，再把面包碗吃掉似乎不太科学，难道就只有这一种口味？"这个问题提得好。庄静芳心想："现在是夏天，不妨设计一些水果碗出来。"有了这个想法，庄静芳先用杧果肉做成碗，然后在碗的外壳上加一层泰国米浆，结果成功了。2007 年 7 月的一天中午仅用一个小时的时间，100 只杧果碗就被人抢购一空。为此，庄静芳辞去了金领工作，盘下了一家很小的面包房，并请了一位面包师傅。她的面包房不做面包，仅做各式各样的面包碗，诸如苹果碗、香蕉碗、木瓜碗、草莓碗等，结果和她事前预料的一样，大获成功。

2007 年 11 月，庄静芳把自己的面包碗打进了日本市场。如今她在日本拥有了自己的汽车和店面，个人资产已突破百万元，财富之路越走越宽广。

其实，庄静芳的创意和再创意实在是不需要什么高智慧；她创意的产品也实在是平凡得不能再平凡的盛饭菜和汤的一只碗，可这只平凡的"碗"却给她带来了让人惊羡的百万财富。这，就不能不给我们普通人提出了一个问题：我们与庄静芳这样一个文弱女子相比，并不缺少激情，也不缺乏智慧，抑或我们也不缺乏经验，但是我们缺乏起码的创新意识，没有起码的创新意识自然也就缺少了平常生活里随处可见所引发的思考，结果让我们由激情万丈的豪迈跌入碌碌无为的低谷。

ONE 卡拉，一个人的精彩

张军霞

那天下班，公司有个聚会，她和同事们都去了。大家玩得正热闹时，忽然发现有位男同事不见了。她想起来，因为一份报表没做好，这位新同事今天被老板批评了，心情非常不好。

出于担心，她悄悄溜出来找，发现同事正待在另一个空荡荡的房间里，他独自戴着耳机，面对着一个大屏幕，正在旁若无人地大声唱歌，那副全身心投入的样子，仿佛全世界都可以被遗忘。

她悄悄退出房间，等到同事独自尽兴而归，她发现他所有的郁闷早已不翼而飞，仿佛刚刚偷吃了灵丹妙药一般，整个人又重新变得精神抖擞起来。

还有一次，一位女友失恋，心情非常沮丧，在电话中对她抱怨："真希望能找个地方，不需要多大，只要能忘记一切，尽情唱歌就好……"

好友的话，忽然让她产生了一丝灵感。不久，她突然做出一个大胆的决定，辞去原本薪水丰厚的工作，自己跑去创业。

经过近半年的紧张筹备，她宣布自己的卡拉 OK 店要开业了，被邀请来参加典礼的亲友们，一个个禁不住目瞪口呆：这幢高大宽敞的三层楼，居然被分割成了 24 个狭小的格子间，每个房间的空间不足 3 平方米！这个小丫头到底在搞什么鬼？

面对大家的惊讶，她指指身后的广告牌说："这里，属于一个人的狂欢，一个人的世界！"原来，她从好友和同事的身上得到启发，感觉越来越多的人喜欢独处，想在狭窄的空间里找到宁静。然而，她走遍了整个东京，却找不到一家可以提供"一个人服务"的地方，这才萌生了自己创业的灵感。

由于广告宣传到位，很多人抱着好奇的心态来尝试。格子间的空间虽小，却设计得温馨浪漫，一台点唱机，一个大屏幕，高感知度的麦克风，让客人不用顾虑任何人，自己想唱什么就唱什么，怎么唱都可以，身心得到彻底放松。

这家被顾客昵称为"ONE 卡拉"的店里，采取弹性收费的办法，白天最便宜时一小时收费 600 日元，晚上则调整为每小时 1100 日元，虽然费用比普通卡拉 OK 店要高一些，前来消费的客人还是络绎不绝，常常出现房间供不应求的现象，即便如此，还是有人愿意排队等候。

来店里消费的客人，从 20 多岁的大学生，到 50 岁左右的工薪白领，涉及各个层次的人群。他们认为一个人来这里很放松，既不必看上司的脸色，也不用在意朋友的感觉，十分惬意。还有不少人想唱歌，却又不好意思在他人面前献丑，"ONE 卡拉"正好提供了这样一个平台。

初战告捷，让年仅 26 岁的日本女孩松子品尝到了成功的喜悦，她决心继续发掘"一个人的服务"这块大蛋糕。于是，她相继又推出更多内容的服务，比如在一个人的烧烤店内，所有的房间都是半开放的小区域，只供一名客人用餐。每个房间桌上有一台专用烤炉。考虑到独身顾客不希望与人接触，点菜方式都是表格制，客人只需在想吃的菜旁边画一个钩，交给服务员即可。每张桌子上还设有按钮，有需要时只要按动按钮就能找到服务员。

接下来，她又推出一个人高尔夫、一个人酒吧，经营范围不同，服务宗旨永远不变：让每个想要独处的人，在宁静的空间里，彻底放下一切，享受精致细腻的感觉。

如今，松子的"一个人服务"已经在东京开了六家分店，她独特的经营理念，备受各个阶层的青睐。2011 年 12 月，她被评为"东京青年创业明星"。在松子公司的网站主页，一个最醒目的位置上写着她的梦想："从 ONE 卡拉开始，将一个人的精彩进行到底！"

把图书馆开到葡萄园

汤小小

左斯特最近比较烦，大学毕业后，他一直找不到合适的工作，只好在父母的资助下，开了一家小书店，但是，书店的生意惨淡，已经处于亏损状态半年了。

周末，左斯特在父亲的葡萄园里帮忙修剪枝叶时，一位朋友过来找他。两人在葡萄园里聊了很久，朋友感慨道："这里真美啊，如果有个长凳，可以休息一下，顺便翻几页书，或者有个小圆桌，可以品尝咖啡，那肯定是人生最大的享受。"

朋友的无心之言，让左斯特眼前一亮，他也明白了为什么自己的书店无人问津。现在的年轻人，崇尚大自然，在有限的闲暇里，大都去爬山玩水，哪抽得出时间到书店看书啊。

左斯特准备在自家的葡萄园里大做文章，他把原来的书架卖掉，换了一批防雨材质的书架，并刷成和葡萄叶一样的嫩绿色，放置在葡萄园的一角，然后把书店的书搬了过来，随意地摆在上面。接下来，左斯特用省下的租金做了一些绿色的长凳和小圆桌，让它们散落在葡萄园的各个角落，他还把家里的咖啡机搬了过来，露天里现磨现煮咖啡，醇香的味道飘荡在整个葡萄园里。

左斯特的葡萄园图书馆建成了，但是图书馆的位置偏僻，无人知晓，怎样才能吸引人前来呢？他和附近的旅游公司联系，承诺免费为游客开放葡萄园和图书馆。免费的新奇体验，旅游公司自然满口答应。

葡萄园图书馆迎来了它的第一批客人，高高的葡萄架，葡萄藤四处攀爬，小小的葡萄藏在绿叶间，周围还有不知名的野花，轻风缕缕，蓝天白云，好一幅乡村闲适图。走累了，可以随时在长凳上躺一下，晒晒太阳，或者捧一本书，在圆桌旁，慢慢地翻看。如果渴了，可以要一杯现煮的咖啡，浓郁的香气和书香、青草香混合在一起，让人无限沉醉，即使坐一下午，也不会觉得闷。

大自然与书香的完美结合，让葡萄园图书馆很快声名鹊起，游客纷至沓来。游客多了，对食品的需求也随之增加，除了卖咖啡，左斯特还增加了冰激凌、冰冻水果、糕点等休闲食品，如果游客想买几本书，左斯特也很乐意出售。

除此之外，葡萄成熟的季节，游客还可以亲手采摘，付款把它们带回家，让亲戚朋友品尝一下沾了书香的葡萄。广告商也看中了这块"风水宝地"，在这里投放了广告，于是，葡萄园图书馆有了另一项收入。为了不影响葡萄园图书馆的氛围，左斯特对广告的要求很严格，他把广告设计在秋千上，或者遮阳伞上，既增加了葡萄园的趣味，又让游客乐于接受。

随着葡萄园图书馆的逐步完善，左斯特的生意越来越好。那些食品的销量，甚至超过了一些大超市里的销量；他每月卖出的图书，是他开书店时半年销量的总和；葡萄根本不愁销路，比拿到市场上销售的收入多出了一倍。另外，广告的收入，更是左斯特当初想也不敢想的。

把书店搬到葡萄园，一个小小的改变，让左斯特从一个失意的毕业生，变成了一个成功的创业者。很多时候，财富就藏在生活中，只看你有没有发现它的眼睛。

卖气味的姑娘

小 亮

每个人心里都会有一段或几段关于气味的记忆。我们都认为气味如同记忆一样不可复制，而海归女孩儿娄楠石却做起了"卖气味"的生意，而且仅仅一年多，她就做成了一个嗅觉产业。

◇在新西兰发现气味商机◇

在新西兰留学期间，娄楠石常到外面打工。她最喜欢为农场主采摘奇异果，这种果子口感上混合了哈密瓜、水蜜桃、柑橘等多种水果的风味。据说凡是在新西兰吃过这种水果的游人，回国后都非常怀念那奇特的香味。

娄楠石开始琢磨，一种气味之所以能让人刻骨铭心，一定是因为里面隐藏着许多令人怀念的往事。娄楠石是个很有商业头脑的女孩儿，她想另辟蹊径做嗅觉生意——卖气味。她从网上了解到，美国有两个兄弟已经研究出了这样的东西。2009

年初春，她和朋友结伴赴美，找到了这家生产气味的工厂，那里仅有十几名员工，几乎是纯手工制作，每天仅能生产两三百瓶香氛。别看规模小，他们打造的 Demeter 品牌却在北美小有名气。她果断地和那对美国兄弟签订了合作协议。

◇三里屯专卖真实气味◇

2009 年 11 月，娄楠石的第一家店在北京三里屯开张，名字时尚有趣——"气味图书馆"。一排排白色格子，一个个造型独特的小瓶子，还有许多不可思议的气味名字，几百个品种堆砌成一座"气味宫殿"，帮人们收藏回忆。

因为新鲜，店里来了不少人。但一小瓶 30 毫升的香氛，售价高达 285 元，与普通香水比算不上便宜，因此尽管参观咨询的人很多，真正的购买者却寥寥无几。

直到有一天，一位年轻姑娘尝试着买了一瓶"菩提树"。没想到闻到那味道，女孩儿顿时热泪盈眶。"我喷了一点儿在袖子上，回来的路上边走边闻，它让我想起了儿时外婆家的山林，那里满是菩提的味道，所以我要送给妈妈一瓶，她肯定也会想起她的童年。"第二天，女孩儿再次光临，留下了这样一段话。

最好玩的是，在店里你可以闻到花草、水果的香气，还可以闻到食物、蔬菜甚至大自然的味道。此外，这种香氛还有一套特别玩法，叫"场景模拟"。比如把香草冰激凌、蜡笔、培乐多彩泥混搭起来，会产生童年的味道。把爆米花、灰尘、泡泡糖、胶皮和铁锈混合起来，就会产生老式电影院的气味。

有媒体干脆称她的小店为"中国首家鼻子餐馆"。因为实在有趣，短短两三个月，这家个性店就在北京名声大震，何炅、小S、周迅、钟丽缇等明星大腕，都成了这里的常客。

◇要打造中国嗅觉产业◇

2010年5月1日，娄楠石和友人在上海市开了第二家店。短短一年多就在全国开了16家分店。

娄楠石说，其实她更大笔的生意不在店里，而在于设计，也就是嗅觉上的设计。比如，一间布满新鲜棉花味道的高级衬衫店，一家弥漫山茶花香的高端酒店，都会给人留下特别深刻的印象。为此，北京一家大银行的老总让她设计了各大营业厅的气味，在炎热的夏天，正排队办业务的人们意外嗅到了夏威夷海浪的凉爽气息，惊奇不已。收效最显著的，是国内著名的万科房地产公司，万科在深圳、广州、大连等城市有很多项目。一些精装修的房子，因为设计了"雨后花园"、"非洲仙人掌"、"竹林"等气味，客户看房时觉得神清气爽。在这种氛围中，签单率可想而知。

导演张艺谋在《山楂树之恋》还没拍完时，就找到娄楠石，请她为几家大影院设计与电影情节相吻合的气味，做到情味并茂，给观众如临现场的感受。现在，就连奥迪也成了娄楠石的客户。

在沙漠里养鱼

吴守春

以色列的内盖夫沙漠，虽然没有中国的毛乌素沙漠和非洲的撒哈拉沙漠那么著名，但也是幅员辽阔寸草不生，不适宜人类生存。众所周知，以色列是个弹丸之地，与巴勒斯坦因土地之争，硝烟弥漫烽火连天，但他们却有着非常发达的农业、畜牧业，境内湖泊沟汊不多，竟然也是水产品出口国。他们的如此众多的水产品难道是从天而降？原来，聪明智慧的以色列人，把死亡之海的沙漠当成了水产品养殖基地，这真的让人匪夷所思，就连联合国环境规划署也感到不可思议，为此，他们发表的《全球沙漠展望》报告称，沙漠蕴含着巨大经济潜力！

阿莱夫是到沙漠里养鱼虾的始作俑者。他创办的以他名字命名的阿莱夫水产品公司，立足沙漠，经过十来年的发展，已经成为以色列最大的水产品养殖开发公司，他的旗下，还有一个沙漠水产品养殖研究所，这在全世界绝无仅有。是什么促使阿莱夫异想天开地要在沙漠里投资养鱼呢？

阿莱夫在到沙漠开发水产品养殖之前，就在他的家乡从事水产品养殖，限于条件，总是上不了规模，还常常因与巴勒斯坦人的战争，城门失火，殃及池鱼。阿莱夫为此很是苦恼，但也无可奈何。一次他到内盖夫沙漠游玩，不慎迷路。他在沙漠里苦苦挣扎三天，水尽粮绝。最大的问题是严重脱水，他企图寻找到沙漠里的水，算他幸运，眼前，还真的出现了一个沙漠湖泊，在那个干旱的地带，那水主要是冰川融化积蓄的。水倒是清澈见底，但又苦又涩，活命要紧，阿莱夫不顾一切地喝了下去。就是这趟惊心动魄的死亡之旅，让他产生了幻想。沙漠深处竟深藏不露那一片未曾开垦的水域，既然有一片水域，应该有更多的沙漠湖泊存在。这些湖泊，若是能投资养殖，那将是一笔巨大财富。他把这个想法向家人说了，家人以为他是在沙漠里惊了魂，神经错乱了，沙漠里的湖泊若能养殖，还会等到今天吗！

　　阿莱夫执着地开始搜索沙漠里养鱼的资料，但一无所获。这个世界上，迄今为止，从没有谁首开在沙漠养殖的先河。他怀着一线希望，到希伯莱大学水产学院请教在沙漠里养鱼的可行性，那里的教授说，我们研究的一直是常规养殖，至于利用沙漠湖泊资源养鱼，对不起，我们还从未涉及过。阿莱夫失望了，但他并不死心，他一直耿耿于怀。都是水，沙漠里的湖泊为什么"另类"，就像沙漠不能种作物一样不能养鱼吗？常言道，有水就有鱼，难道那里真的不适宜鱼类生长？他专程到那个湖泊实地考察，结果，让他很扫兴，水底捞月，偌大的湖泊，一个鱼虾也没捕着。这么说，沙漠里的湖泊真的不长鱼吗?! 经过化验，那里的水含盐量很高，苦涩不堪，这是不是沙漠里的水不长鱼虾的真正原因？不，根据科学判断，这恰恰说明沙漠里的水是最适合鱼类生息的，否则，同样是苦涩的大海为什么成了鱼的家乡！一意孤行的阿莱夫带着鱼苗出发了，他将那些鱼苗放养在一个小的湖荡里，年底，再到那里捕捞，唉，你还别说，那些鱼比他在自己的鱼塘里放养的同样的鱼长得还大还肥。阿莱夫欢欣鼓舞，于是，他向有关部门提出申请，那块不毛之地，自然没人在乎，阿莱夫得到了免费使用的许可。

阿莱夫取得了意想不到的成功。他养殖的鱼，因为是出自远离尘嚣的沙漠，没有污染，正宗的绿色产品，进入市场，供不应求。现在，他将自己的水产品，注册成沙漠商标，成了声名远播的品牌，这样，他的鱼在价格上就比同类鱼虾高出百分之二十。在他的影响下，以色列人在沙漠里养鱼，蔚然成风。

在谈到养鱼的成功经验时，阿莱夫深有感触地说："在一些人认为，沙漠是个灰姑娘，游离于人们的视线之外，没有人真正想过沙漠，似乎那里什么都不可能；但只要想得到，就能做得到；只要去行动就有可能。"

睡衣上"漂流"出童话故事

石顺江

莫铎是美国爱达荷州一名软件公司的员工，妻子爱瓦丽丝美丽善良，从前年开始，妻子就辞掉了工作，因为他们最小的一个孩子出生了，原本，第二个孩子出生后，她就不想再生育了，然而孩子接二连三地来了。最终，她生了6个孩子，孩子们需要人照顾，爱瓦丽丝于是就在家专门照顾这几个小家伙。可家里毕竟6个啊！全靠自己一个人的薪水来养活全家，这真让莫铎有点招架不住。为了维持家里的生计，下班后的莫铎就又找了一家餐厅，干起了钟点工。所以每天总是很晚才拖着疲惫的身体回家。

回到家里，孩子们就跑到他的身边，有的让他拥抱，有的要零食吃……望着一个个可爱的孩子，一天的劳累仿佛瞬间蒸发，他爱自己的孩子，爱这个家。晚饭过后，他会开始他和孩子们雷打不动的课程——每晚一则故事，从《格林童话》到《木偶奇遇记》等，孩子们总是在爸爸描绘的故事世界里酣然睡去，虽然莫铎给孩子们每晚只讲一二十分钟的时间，但还是影响到了第二天的工作。

这天吃晚饭时，妻子说起她上超市买菜的经历。她说道："现在真方便，买水果、猪肉，手机一扫就能查到产地和日期"，莫铎说那是二维码，现在很流行的。到了睡觉的时候，孩子们又吵着要爸爸讲故事，晚饭时妻子的话让莫铎产生了一个念头，他想："能不能利用二维码设计一个讲故事的装置呢？孩子们总是睡觉时听故事，我应该设计一件睡衣，能让孩子穿上它就能听到故事。"

经过一段时间的准备，他终于做成了，他先把二维码扫描软件下载到手机，然后拿着装有二维码扫描软件的手机扫描睡衣，而孩子的睡衣上已经设计了波点图案，其中有 47 个点点是启动故事的条形码，里面有《鹅妈妈的故事》、《尼尔斯骑鹅旅行记》等 47 个不同的故事，然后配合自己设计的 app，就会让手机自动读出这些不同的床边故事，如果你想锻炼孩子的语言表达能力，你可以把它切换成静音，让孩子自己念。这一下子减轻了莫铎的负担，真神奇了！他把故事外包给了睡衣！孩子们更是高兴得不得了，每天晚上，孩子们不用爸爸妈妈催他们，就主动穿上睡衣上床睡觉，他们想听哪个故事，就拿着手机扫描不同的点点，扫描各个点就会跑出不同的故事。

周围邻居听到这个消息后，都非常感兴趣，就让莫铎给他们的孩子设计几件，用后他们都连竖大拇指。没多久，爱达荷州的初创企业 SmartPJs 找上门来要和莫铎合作，莫铎欣然接受。

他们生产出的睡衣有着不同的尺寸，从 1 号到 7 号都有，男女童皆可穿，每件只售 25 美元，一上市即销售一空。他的这一产品不但能让"睡前故事"这项家庭传统变得更有趣，更适合那些带着小朋友外出度假的家长，因为故事书又占地方又占分量、不大便于携带，但是睡衣和手机就不同了，它们本来就是居家旅行必需品，莫铎为此大赚了一笔。更让莫铎高兴的是他的能讲故事的睡衣火了以后，一些广告商看到了这个商机，他们要求在睡衣上投放广告，这又让莫铎更是大赚特赚。

让故事和睡衣连在一起，多么巧妙而美好的创意。当人们的思维被激活后，犹如水在会讲故事的睡衣上"漂流"。水本无色无味，但它童话的浪花却呢喃着孩子的童年，让童年的大海之梦在温馨愉快中远航。

经营缺陷的酒店

张鹰

20世纪70年代初，在阿姆斯特丹市中心的教堂街，汉斯·布林克尔经济酒店开始营业。尽管地理位置优越，比邻繁华的莱登广场，四周遍布餐馆、酒吧、咖啡店等场所，但是这家酒店经营了很多年仍不见起色。20世纪90年代末，当现任老板罗伯特·朋瑞斯接手时，这家酒店已破败不堪，还常常接到旅客的投诉。朋瑞斯打算把这家酒店改造一新后再营业。

朋瑞斯的好友埃里克·科塞尔斯是一家广告公司的创意总监，曾多次在广告创意大赛中获奖。在汉斯·布林克尔经济酒店改造工程启动前的一天晚上，朋瑞斯应邀参加科塞尔斯组织的聚会。在交谈时，朋瑞斯向科塞尔斯透露了接手和改造汉斯·布林克尔经济酒店的事，还请科塞尔斯在酒店改造好后帮忙做宣传。可科塞尔斯却劝朋瑞斯："即使酒店环境大幅度改善，也不会增加多少竞争力，因为附近已有很多比较知名的经济型酒店。你先别着急，我去了解下酒店的情况后再做打算。"朋瑞斯欣然同意。

科塞尔斯跟随朋瑞斯参观过汉斯·布林克尔经济酒店后，大吃一惊：酒店内脏乱不堪，化纤地毯残破，上面躺着烟头，各种设施的摆放毫无秩序可言；客房内设施很少，连洗手池、浴盆、独立卫生间等基本设施都没有，配置的设施也都是老旧的，床位是双层铁床，旁边摆着简易衣柜。

这里几乎没有什么足以配得上"酒店"这两个字的，不过科塞尔斯发现没有工作人员对这里的情况遮遮掩掩，这种诚实激发了他的灵感。科塞尔斯对朋瑞斯说："我想你没必要对酒店的环境进行改善了，干脆将它打造成世界最糟酒店得了。"朋瑞斯一头雾水："你是在开玩笑吧？谁愿意花钱买罪受呢？"科塞尔斯微笑着解释道："一般情况下，旅客当然希望享受到舒适的服务，但是你不要忘了他们的好奇心也等着我们去满足。他们不仅会对世界顶级酒店产生想象，还会对世界最糟酒店产生浓厚兴趣。一般旅客难以体验到世界顶级酒店的服务，却可以通过入住世界最糟酒店满足其好奇心。"朋瑞斯茅塞顿开，欣然采纳了科塞尔斯的建议，按照他的要求将酒店环境变得更糟。

为给世界最糟酒店招揽客源，科塞尔斯陆续推出一系列广告，这些广告都在告诉人们，汉斯·布林克尔经济酒店是世界最糟酒店，任何不必要的设施、用品在这里都难觅踪影。这批广告被贴在电车上，每天在阿姆斯特丹市的大街上"招摇过市"。

一则广告中对"不必要"的界定让人抓狂——连毛巾、拖鞋等基本用品都被认为是不必要的。一则广告大打环保牌：比如，电梯破旧却没有更换成新电梯，被说成"为了让客人走'环保电梯'"——楼梯；不提供热水，被说成"旨在减少用水"；鼓励住客用窗帘擦身，被说成"以减少毛巾使用率和清洗次数"。这样做的最终目的被说成"拯救地球"。还有一则广告用断了齿的餐叉、掉了把的水杯、三条腿的椅子等图片来说明酒店的糟糕程度。最夸张的一则广告由"住客"脸部的两张特写照片组成，照片上分别注明"入住之前"和"退房之后"，以此暗示在世界最糟酒店入住一晚的后果：眼睛变得肿胀、面容变得枯槁。

这些看似赤裸裸地标榜"世界最糟"的广告非但没把客人吓跑，反而激发了人们的好奇心，人们纷纷入住这家酒店，想亲自看看世界最糟酒店到底能差到哪儿去。这不仅很快让汉斯·布林克尔经济酒店彻底扭转了长期低迷的经营状况，还让它成为被写进阿姆斯特丹旅游手册里的著名景点。

为了取得成功，想方设法消除缺陷，创造各种优越条件原本无可厚非，但有时因为各种客观条件的制约，并不能取得预期效果。在这种情况下，若能反向思考，对缺陷巧妙地加以利用，或许就可以将缺陷转化为优势，变被动为主动。

西瓜当作盆景卖

可一

突发奇想

2007 年 5 月初的一天，海南省文昌县黄乐勇和父亲在西瓜田里间苗，把一些劣等的西瓜秧苗除去，留给苗壮的秧苗更多的生存空间。这些被除去的秧苗已经长成藤蔓了，有的甚至结上了一两个小果，然而就这样被丢在田间，任由太阳暴晒，太可惜。

黄乐勇灵机一动，把一些丢弃的西瓜秧苗分种在几个盆里。

两天后是县城集市，黄乐勇把那几盆西瓜秧苗带到县城，摆放在一个同村人的摊梢上。盆里的西瓜秧苗青青翠翠，秧苗上淡绿色的西瓜有乒乓球大小，隐约可见浅墨色的条纹，煞是可爱。

很快就有人来问这西瓜盆景怎么卖，那个做生意的同村人随口回答："30 元一盆。"一个小伙子用 50 元买了两盆，说自己留一盆，一盆送给女朋友。不到十分钟，那几盆西瓜秧苗全部卖光了。

这样的结果让黄乐勇很惊喜。

小试牛刀

小县城可以卖得好，广州应该大有可为。

一番深思熟虑后，2008 年 3 月，黄乐勇来到广州。

在广州番禺，黄乐勇特地在郊区租了一间农民房，他看中的是门前的一块荒地。黄乐勇把荒地开垦出来，松土浇水，播下西瓜种子。一个多星期后，那些西瓜种子就破土而出，冒出稚嫩的芽儿，几天后就长成了绿油油的秧苗。黄乐勇购回塑料花盆，把一颗颗西瓜秧苗全部移植到花盆里，开始精心抚育这些西瓜秧苗。

2008 年 5 月，黄乐勇载着几十盆盆栽西瓜来到市区。长在盆里的淡绿色小西瓜，吸引了很多路人的目光，很快就有人把黄乐勇的单车围住了。

黄乐勇喊出 30 元一盆的价格，周围人一个个爽快地掏钱，抱着盆栽西瓜兴冲冲地走了。

不断开发

2008 年的 5 月和 6 月，黄乐勇销售了一千多盆盆栽西瓜，这个收入抵得上他父亲两年种瓜的效益。但高兴过后，黄乐勇不禁又愁眉苦脸起来，生意好是好，可是太短暂，满打满算也就只能做两个月而已。

一个朋友听说黄乐勇的苦恼后，笑着说他太笨。现在只要有个大棚，什么季节的蔬菜不能生产出来？一语惊醒梦中人，这是个多么容易解决的问题啊。

2008 年 7 月，黄乐勇在番禺郊区租了块地，搭起了大棚。7 月底，父亲在卖完家乡的西瓜后，也来到番禺，帮儿子一把。有了父亲这位老瓜农，西瓜的培育就不成问题了。

当 8 月底西瓜渐渐淡出市场的时候，黄乐勇的盆栽西瓜却堂而皇之地上市了。店主们看见如此新颖的盆景西瓜，再加上不用成本、卖出去后提成，这样的好事自然让这些商家乐开怀。

后来，黄乐勇在网上查到，西瓜还有黄色的品种，如果花盆里能挂上黄色的西瓜，岂不是更诱人？黄乐勇跑到广州农科院，聘请一位农艺师，专门指导自己培育黄色西瓜。一个多月后，黄乐勇的盆栽西瓜增添了新品种，一根藤蔓上挂的是绿色的西瓜，而另外一根藤蔓上挂的却是黄色的西瓜，这又掀起一股盆栽西瓜的销售高潮。

2008年11月的一天，黄乐勇在经过一个水果摊的时候，忽然被几个苹果吸引了。那些苹果上分别有"喜"、"吉"、"福"等字样，特别好卖。一打听，原来这些字是果农在苹果成长的时候，剪好字样贴在苹果上，经过一段时间的日晒，没有晒到阳光的部分就留下这些字样。有样学样，黄乐勇也在西瓜上贴上各色字样。恰逢春节的时候，黄乐勇的一批有"恭贺新禧"、"大吉大利"等极具喜庆气氛的盆栽西瓜上市了。好多家庭像买年橘一样，纷纷买回去放在家里。

2009年情人节的时候，黄乐勇又推出一批"心心相印"、"牵手一生"、"比翼双飞"的爱情盆栽西瓜，让一大批年轻男女当成礼物买；在儿童节来临的时候，他又推出一批"儿童节快乐"的卡通人物盆景西瓜，那些有卡通图案的盆景西瓜，更让孩子们喜爱得非让爸爸妈妈买上一盆不可。

经过一年多的发展，黄乐勇除父亲这个帮手外，还聘请了三个帮工打理西瓜大棚，专门培育盆景西瓜。如今的他，已经成了一个小有名气的农场主。

一根树枝改变命运

雁群

5年前的一个春天，一个中国农民到韩国旅游，受朋友之托，在韩国一家超市买了四大袋30斤左右的泡菜。回旅馆的路上，身材魁梧的他，渐渐感到手中的塑料袋越来越重，勒得手生疼。他想把袋子扛在肩上，又怕弄脏新买的西装。

他放下袋子，在路边的绿化树上折了一根树枝，准备当作提手来拎沉重的泡菜袋子。不料，正当他暗自高兴时，便被迎面走来的韩国警察逮了个正着。他因损坏树木、破坏环境，被韩国警察毫不客气地罚了50美元。

50美元相当于400多元人民币啊，这在国内，能买大半车的泡菜啊！他心疼得直跺脚。他交完罚款，肚子里憋了不少气，除了舍不得那50美元，更觉得自己让韩国警察罚了款，是给中国人丢了脸。越想越窝囊，他干脆放下袋子，坐在了路边。

他看着眼前来来往往的人流，发现路人中也有不少人和他一样，气喘吁吁地拎着大大小小的袋子，手掌被勒得甚至发紫了，有的人坚持不住，还停下来揉手或搓手。为什么不想办法搞个既方便又不勒手的提手来拎东西呢？对啊，发明个方便提手，专门卖给韩国人，一定有销路！

回国之后，他不断想起在韩国被罚 50 美金的事情和那些提着沉重袋子的路人，发明一种方便提手的念头越来越强烈。于是，他干脆放下手头的活计，一头扎进了方便提手的研制中。根据人的手形，他反复设计了好几种款式的提手；为了试验它们的抗拉力，又分别采用了铁质、木质、塑料等几种材料。然而，总是达不到预期的效果，他几乎丧失信心了。但一想到在韩国那令人汗颜的 50 美元罚款，他又充满了斗志。

几经周折，产品做出来了，他请左邻右舍试用，这不起眼的小东西竟一下子得到邻居们的青睐。有了它，买米买菜多提几个袋子，也不觉得勒手了。后来，他又把提手拿到当地的集市上推销，但看的人多，买的人少。

这时候妻子提醒他，把提手免费赠给那些拎着重物的人使用。别说，这招还真奏效，所谓眼见为实，小提手的优点一下子就体现出来了。一时间，大街小巷到处有人打听提手的出处。

小提手出名了，增加了他将这种产品推向市场的信心。但是，他没有忘记自己发明的最终目标市场是韩国。他很快申请了发明专利。接着，为了能让方便提手顺利打进韩国市场，他决定先了解韩国消费者对日常用品的消费心理。

经过反复的调查了解，他发现，韩国人对色彩及形式十分挑剔，处处讲究包装，只要包装精美，做工精良，价格是其次的。于是他决定投其所好，针对提手的颜色进行多样改造，增强视觉效果，又不惜重金聘请了专业包装设计师，对提手按国际化标准进行细致的包装。

功夫不负有心人，经过前期大量市场调研和商业运作，一周后，他接到了韩国一家大型超市的订单，以每只 0.25 美元的价格，一次性订购了 120 万只方便提手！那一刻他欣喜若狂。

这个靠简单的方便提手吸引韩国消费者的人叫韩振远，凭一个不起眼的灵感，一下子从一个普通农民变成了百万富翁。

给超市装上轮子

方益松

1930 年 8 月，美国人迈克尔·库仑在纽约州依靠贷款开设了全球第一家理论上的超级市场，也就是后来的超市鼻祖——金库仑联合商店。他根据自己几十年的食品经营经验，设计了精准的低价策略，并首创按商品品种特别定价的方法。它的超级市场平均毛利率只有 9％，这和当时美国一般商店 25％～40％的毛利率相比，实在是低得令人吃惊。

迈克尔·库仑在创业伊始就有开设分号的想法。然而，由于高额的房租，再加上低价倾销的弊端，所以，开业半年以来，该超市不仅没有按照他预期的想法开出分号，就连单间店面的经营也陷入了捉襟见肘的困境。

30 年代的美国，正处在经济大萧条中，人员流动量大，物资更是极其匮乏。而在美国本土，有多家境外的投资商正在热火朝天地投资建设。倘若能把自己的超市移到各个工地，那将是个很不错的主意。可是，按照惯例，超市的店面最起码要签订一年以上的租约。一旦单方违约，依据合同，自己就要赔

126

付房东大笔的违约金。这使得迈克尔·库仑不得不开始重新审视自己的超市究竟该何去何从。

1932 年的一天，迈克尔·库仑无意间在一家汽修厂看到一辆报废的客车。当时汽修厂老板几乎是用购买废品的价格回收了这辆客车。迈克尔·库仑灵机一动，自己何不多收购一些这样的报废车辆，在每个投资工地都设置一个小型汽车超市？这样，不仅节省了房租，还可以使自己的超市在短时间内遍地开花。

迈克尔·库仑把报废汽车简单装修了一下，在车厢里将货架底部焊接固定，雇用了一辆拖车将其拖到了附近的一个工地。考虑到当地的实际情况，他在货物选择上侧重于低消费的商品，一个星期下来，超市的生意异常火爆，不仅收回了购车的款项，还略有盈余。

第一个分号可以说是一炮打响。从此，迈克尔·库仑就以这种汽车连锁的方式开始了大规模的扩张。每当一个分号销售业绩持续走低，他就租用拖车将超市移动到另外的合适场所。然后，再根据当地的消费水准，来考虑商品的高低档次陈列。他唯一需要做的是，每到一个地方，就象征性地付给业主一些停车费。由于节省了大笔的房租，而且经营场所可以灵活随意地变动，他的分号逐渐增多。不仅如此，他还逐步建立和完善统一进货的销售系统，采取一次性进货，集中结算，并且首创了自助式销售方式，这样，既保证了货物的低廉供应价，更能有效保证商品质量和客源。

从买下第一辆报废汽车开始，不到 15 年的时间，迈克尔·库仑就凭借着灵活移动的优势和不到 10％的商品毛利，在全美开了 152 家汽车连锁超市，并购置了多处商铺。2009 年，金库仑联合商店创下全美销售第三的惊人业绩，年利润 6036 万美元。

很多时候，成功就是这么简单，像迈克尔·库仑一样，即使超市不能够移动，也可以人为地给它装上四个轮子，让它可以开向每一个合适的地方，这才是成功之真正所在。

开一家不要厨师的饭店

徐立新

17 岁时，御厨世家出身的他，便跟着饭店掌勺师傅后面打下手，负责择菜、洗菜和切菜。那是家国有星级饭店，优势是他在那里上班不仅有保障还有编制，劣势是他的岗位编制就是打下手，一辈子也做不了厨师。

打了整整 3 年的下手，有一天，掌勺的师傅突然感冒了，咳嗽得厉害，不能再站在锅台前炒菜了。但偏偏这时饭店里的客人又多，都在等着菜吃，急得饭店经理和师傅团团转。见此情形，他对经理和师傅说，让我来试试吧，师傅很是惊讶，因为他从没教给他怎么炒菜，也从未看见过他炒菜，能行吗？

死马当活马医吧，经理表示同意，于是师傅便让他炒了。没想到，他炒出来的菜居然一点都不比师傅的差，味道堪称绝美！师傅更加迷惑了，问他从哪儿学来的厨艺？他说，师傅呀，虽然你没有手把手教过我，但是我天天就在你身边打下手，整整观察了你炒了三年的菜，早已记下了你日常炒菜的方法火候和放佐料的先后顺序了，还能炒不好吗？

经理和师傅听后都大为感动，这之后便把他调去掌勺了，几个月后，他便代表自己所在的酒店参加了当年的北京市厨师烹饪大赛，并且一举夺得金奖。

就在他顺风顺水，每个月都有着不菲的收入，外界都以为他会在饭店里一直掌勺下去的时候，他却在心里暗下了一个决定，那就是 40 岁后一定不再炒菜，理由很简单，他不想像师傅那样一辈子都站在烟熏火燎的灶台前，仅仅只是个厨师！

他果真是想到做到，几年后，他便在众人的一片诧异声中，辞了职。然后在北京的平安街上开了一家叫"二友聚"的小饭店，虽然饭店很小，只有四张桌子，可每个月的收入都在一万元，在人人都不是很富裕的 20 世纪 90 年代，月月都是"万元户"，让他感觉非常高兴和自豪。

可是，很快他就发现一个问题，那便是他每培养出来一个徒弟不久后，他们就会以各种理由作为借口离开"二友聚"，跳槽到薪水更高的饭店去干，徒弟一走，他便又要不得不重新去招新徒弟，然后又手把手地教，可一旦教会又会走掉，如此反复。

教会了徒弟，累死了师傅。他痛彻心扉又无可奈何地认识到，如果一个饭店太仰仗于几名大厨了，那么注定永远无法做大做强，因为这些大厨不但要的报酬高，拿走绝大部分利润，而且还常常拿腔作势，说走就走，得罪不起。这也是中式饭店为什么不能如肯德基、麦当劳那样做成连锁，形成规模效益的原因所在。

130

于是，如何开一家没有厨师、根本不受大厨限制的餐厅，成为他决心要解决的问题，他要将中餐像西式快餐一样实现标准化。

直到这个时候，他才想到自己的出身，从家里翻出了一本老祖宗留下的宫廷菜谱，很快有一种宫廷菜肴便进入了他的视野——这种菜只需要事先配好祖传的秘方，然后再将秘方和食材一起放到电磁锅里加热焖上十几分钟，便可吃了。而且其味道远胜过传统的炸或烧，不仅入口嫩滑，而且外形整齐，色泽好看。更让他高兴的是，无论让谁来做，在什么地方做，只要按照制定好的标准比例放入食材和配料秘方，人人做出来的味道都是完全一样，也就是说这种菜肴易于标准化复制！

直觉告诉他，这就是他所想要的，果然，这种焖出来的菜一经推出后，便大受欢迎，每天都是食客盈门！如今，他在全国已经发展了200多家连锁店，被业界誉为中式"肯德基"！

不错，这家饭店的名字就叫"黄记煌三汁焖锅"——将配料和食材放在顾客面前的餐桌上焖，之后便能揭锅食用，透明卫生、健康味美。而他也就是黄记煌三汁焖锅的掌门人，黄耕！

做徒弟时认真观察师傅的炒菜技艺，当上大厨时又立志将炒菜的极限定在40岁前，为了不受制于他人，又决心做一个不需要厨师的饭店。黄耕以自己的不满足和创新，打破了中餐由于依赖大厨，无法标准化统一味道的瓶颈，实现了最终的自我掌控！

"如果你需要仰仗他人，那么就永远只能看别人的脸色行事，受控于别人，唯有彻底突破传统，创造出一套全新的模式来，方能改变这一切。"黄耕如是说。

让金鱼在墙上游

方草

西蒙是日本一家水族公司的水族箱巡回维护员。他主要的工作是负责养护水族箱里那种用于观赏展示的鱼类和海洋生物，包括换水、加食，以及供氧维护等。

由于水族箱内多为金鱼、热带鱼或海洋生物，所以必须常年保持恒定的温度，某些娇贵的海洋生物则必须供给纯天然的海水。水族箱内的生物喂养也极其讲究，必须定时定量补给无污染的饲料，而装饰用的新鲜水藻则必须在海水里空运。更有甚者，使动物保持色泽艳丽的无毒人工色素在全日本居然只有一家株式会社可以生产，再加上水族箱箱体的维护，员工的上门费用等，凡此种种，一个水族箱一年的维护成本贵得惊人。也正因为这样，有人戏言水族箱里的热带鱼是一种买得起养不起的昂贵宠物。而一家知名杂志更是用极其详尽的数据来表明：在日本，养护一个大型水族箱的费用，比养一个孩子的成本要大得多。

在全国各地的巡回维护中，西蒙不断听到有顾客抱怨说，这种金鱼和热带鱼要是不要喂食就好了，要是不用海水就能养活它们就好了。而西蒙所能做到的充其量只能是极其惋惜地用专业工具打捞出那些死掉的五颜六色的鱼类，为了防止污染，再换掉满满的一箱经过消毒的专用淡水或海水。

听得多了，西蒙自己也觉得要是能发明一种既不需要喂食又不会死掉的金鱼，那该多好啊。

西蒙辞掉了工作，在家里开始了研究。他查遍了附近的图书馆，可所有的资料显示，世界上根本就不可能有这种神奇的不需喂食并且不会死掉的金鱼。研究一下子陷入了僵局。

一个周末，他带4岁的女儿去看投影电影。灯光暗处，随着投影机的光线打在屏幕上，前方出现了一方立体的海底世界，当看到无数只鱼儿在屏幕上游来游去，他一下子来了灵感，何不用一个投影机，把彩色的图像投射到墙壁，再配上游动的金鱼，这样前方的墙壁不就成了不需要喂食的水族箱？

从最初的投影到把电脑安装到玻璃幕墙内，经过了无数次的研究，他终于发明了一种真正意义上不需要喂食、不会死亡的电子鱼水族箱。这种水族箱的体积可小至饲养一条鱼的小鱼缸，大则需要配备精密支援系统，可以模拟整个海洋生态全面展示的全方位立体水景。

这种新型的水族箱不仅经济适用，而且简便轻巧。只是在一个立体的透明鱼缸里放置一台同时向六个面体发射图像的微电脑，从每个角度都可以看到设置好的鱼类在自由自在地游动，不仅可以达到以假乱真的效果，还可以随时更换背景。真正属于一次投入，终生受益，并且不再需要任何花费。由于其色彩鲜艳，装饰性强，这款无须喂养的水族箱一经问世，就在全日本引起了轰动。不仅如此，西蒙还郑重承诺，该公司生产的所有电脑水族箱，可终身享受免费维修，这样免去了所有客户的后顾之忧。在奉行环保的日本，这种新式的微电脑水族箱作为全日本最为新潮的室内装饰品，不仅很快就取代了传统的水族箱，成为许多公司和社团新式的风水屏，还一跃成为馈赠送礼的最佳物品。在短短的半年时间，便风靡了整个日本，并逐步远销到东南亚等多个国家和地区。

同样是一条金鱼，你可以让它以两种不同的方式游动。传统的金鱼离不开水，也离不开食物，而换一种方式，这就是西蒙的成功之道——日本《朝日新闻》这样报道他的成功，相信这句话对所有的人都会有所启迪。

用耳朵赚钱的"声音银行"

厦甜甜

你想听到春天的花开、夏天的蝉鸣、秋天落叶和风的合唱、冬天鞋子亲吻雪地的声音吗？你有念念不忘却又难寻的声音记忆吗？不妨来"声音银行"寻觅知音吧——

22岁的杭州姑娘陈颖媛，目前是一家"银行"的"行长"。这个"银行"存的不是钱，而是大千世界的各种声音，生意还挺兴隆。

2009年，陈颖媛还是个初出校园的小姑娘。同学们还在找工作，陈颖媛却计划了一次富有意义的旅行——远赴巴厘岛度假。晚上，躺在海边，听着海浪拍打礁石的声音，哗啦，哗啦，真让人陶醉。她掏出手机，把这美妙的大自然的声音录了下来。

回来后，陈颖媛得意地把这段声音用蓝牙传给身边的好几位朋友。在点着烛光的咖啡厅，她把手机里的涛声大声地放出来，这最原生态的声音让大家的心情也跟着变得很宁静。看着大家沉醉在其中，陈颖媛忽然有了想法：为什么不把这久违的大自然的声响搬到城市中来，带给都市族耳目一新的享受呢？

接下来的日子，陈颖媛买了一支质量很好的录音笔。一有空，她就往郊外跑。到一个空旷宁静的地方，录风声、雨声、草儿在风里摇摆枝叶互相拍打的声音；录农村里的鸡鸣声、鸭子嘎嘎的叫声；还有早晨小鸟的叫声、小河的流水声等。然后，她把那些让人神往，却又难以听到的声音整理到了一起，分别截成一段一段的音频。仔细一数，短短 1 个月时间，她已经收集了上百种大自然的声音。越收集，她越觉得有趣。原来，在我们的生活里，有那么多美妙的声音啊！

陈颖媛把录到的各种各样的声音刻在光碟里。她把这些光碟分送给了朋友。当他们按下播放键，听着这些久违的熟悉的声音的时候，那种感觉真是太棒了！孩子们更是兴奋得手舞足蹈——生活在逼仄的城市里，孩子们已经离大自然太远了。

努力了那么久，陈颖媛开始有了收获。陆续地，有不少人向她购买声音的光碟，甚至还有人慕名而来，直接在线让她传文件，把购买的钱打进她的支付宝账户。

有了市场，陈颖媛开始一门心思扎进去，一步步充实"声音银行"。各种各样的脚步声、金属的声音、锅碗瓢盆敲打的声音、亲吻的声音、动物园里各种动物的声音……这些都成了她收集的元素。不同的声音给人不同的联想：花开的声音像极了爆米花做好时发出的砰砰声，听见它就仿佛闻到了一股香香甜甜的味道；听见鞋子踩在雪地上的声音，就能让人想起新年夜那场纷纷扬扬的雪花，并希望今年的冬天早点到来。

有一天，陈颖嫒接待了一位客人。一位50多岁的阿姨慕名而来找到了陈颖嫒，问她："有没有一种声音，可以让人心平气和？"这让陈颖嫒有些为难了。送走了客人，陈颖嫒开始着手给自己的"声音"们分类：落叶的声音、雨声、风声，还有海浪拍打礁石的声音，这些安静的声音，都归类为"疗伤系"；鞭炮的声音、金属互相敲打的声音、老虎的吼叫等归类为"热闹版"；春天的花开、夏天的蝉鸣、秋天落叶和风的合唱、冬天鞋子亲吻雪的声音等这些都归类为"自然系"。

3天后，陈颖嫒把一张刻着"疗伤系"的声音光碟，寄给了那位阿姨。不久，她收到了那位阿姨打来的感谢电话。阿姨告诉她，现在，每天晚上，她都会把那张光碟拿出来放，在那些美妙的大自然的声响中入睡。

现在，陈颖嫒把不少声音产品都上传到自己的主页中。在那儿，顾客可以选择包括海浪、鸟类鸣叫等各种声音，也可以实时听取混合后的声音，还可以下载、收听已经制作好的各种声音，确实能有一种身临其境的感觉。

如今，"声音银行"已经开放了预定的业务。当你想要倾听不一样的声音时，就可以下单预约。当你所需的声音上线的时候，会有人电话通知你去领取！

现在，陈颖嫒的"声音银行"已经颇见规模，月收入已达到了5位数。能把各种简单的声音，做成一个能赚钱的营生，这种奇思妙想真是太让人佩服了！

进口海水不是炒作，是投资

李耿源

科学家把海水分为三层，海平面 100 米以内是表层，100 米至 600 米之间是温越层，600 米以下是深海层。深海层的海水终年没见过阳光，温度低，压力大，且从未被人类污染过，它含有 70 多种矿物质，营养物质是普通海水的 50 倍以上。

2010 年 2 月，夏威夷深海水资源公司接到了一位名叫吴常丰的中国小伙子的订单。他要买 81 吨深海水，且无须淡化和任何加工，要完全密封不受任何污染地运到中国。

这让美国人很是疑惑不解，因为还从来没有人一下子买这么多深海水。但考虑到这是人家的商业机密，他们不便多问。他们把 81 吨的深海水抽上来后直接分装在 4 个密封性极强、不透光的大袋子里。为了让客户在这么大的袋子里取水方便，美国人还在袋子上特别安装了个水龙头。4 个大水袋放入 4 个标准集装箱里，足足占到集装箱三分之二的空间。

这边的吴常丰则忙着报关和找海运公司托运。报关员和海运公司经理大吃一惊，他们从没听说过进口海水，然而，真正雷倒一大片的还在后头。当 4 个装着海水的集装箱于 2010 年 3 月 23 日运抵广东省湛江市霞山港时，海关人员根本无法相信里面装的是海水。好在这大水袋上有水龙头，先接一杯去化验。化验结果显示，其透明度和密度与一般海水无异，色泽和气味也无异常。但这并不能说明里面就不能藏有走私物品。他们匆忙恶补了一下海水相关知识，还打电话向兄弟海关咨询，并启用了排查夹层走私的集装箱扫描仪，在确定是安全的商品后，并以缴纳保证金的方式才准许放行。

吴常丰是湛江市东海岛人。东海岛是我国第五大岛屿，四周都是海水。当这批海水运抵东海岛时，整个岛屿轰动了！

同村的村民说："他一定是疯了，进口海水有什么用？我们这儿最多的就是海水。"

他的邻居说："他这人经常会闹出一些事儿，这回他不计成本大老远地从夏威夷买海水，动作这么大，一定是想炒作一下自己，想出名！"

他的邻居还介绍说，吴常丰从小就生活在东海岛，年少时就跟父亲出海捕鱼。后来，他为了取海水方便，竟然把虾苗场建在离海边仅 10 米的地方。结果，2004 年的一场台风便将他的百万资产化为泡影。这几年，他鼓捣的虾苗场，总爱闹些动静很大的事儿。

附近的村民纷纷拥过来，都想看看外国的海水是不是和自己天天接触的海水不一样，但都被吴常丰拒绝了。

这更让当地居民认为，吴常丰不过是干了件哗众取宠的事。

一个多月后，就在大家已经不想再谈论吴常丰进口海水的"糗事"后，爆炸性新闻再次从东海岛传出！

当记者慕名来到东海岛采访时，吴常丰虾苗场的技术顾问说，用了进口海水，他们繁殖的 300 万尾虾苗增产了 20％ 以上。以此推算，那一池 13 万元的进口海水足可让他们增加 130 万元以上的收益！

原来，为了提高种虾的品种，吴常丰从国外进口了一批种虾。但因普通的海水引入到虾苗场时，必须经过过滤、消毒等处理，才能保证水质，以确保种虾的安全繁殖。可是，消毒过滤后的海水，许多微量元素已散失，造成虾苗的产量不高。吴常丰进口的夏威夷深海水，无须再经过过滤和消毒，而且其比普通海水高 50 倍的营养物质，恰恰弥补了普通海水的不足。他就是把这种深海水和普通海水进行不同比例的勾兑，给种虾增加"与众不同"的营养和微量元素。通过多次养殖实验，果然实现了虾苗的增产。

花 13 万元进口海水，不是炒作，而是转变成了百万财富！

如果投资一元钱能变成十元钱，谁说海水不能买呢？

把商店开到墙上去

陈亦权

　　海格勒·卡尔的家在柏林市区的一座公园旁边。大学毕业后，卡尔在外面工作了两年时间，决心要自己创业。

　　柏林市区租用店面非常昂贵，卡尔就想到了把自己的家当成经营场所，在经营项目上，他选择了自行车。随着全球变暖问题越来越受关注，自行车成了一个越来越受人喜欢的"旧产品"。

　　卡尔拿出自己打工赚来的钱，在父母的帮助下经营起了自己的自行车商店。然而，他的家毕竟不是在繁华的马路边，所以生意怎么也好不起来，两个月下来，仅仅卖掉了8辆。该怎么样才能把自行车店经营好呢？卡尔动起了脑筋。

　　有一天早上，卡尔在公园里锻炼身体，他远远地看着自己家的房子，店面已经被树木及矮墙挡住了，而那光秃秃的白外墙，却很显眼地竖立在那里。卡尔不由得叹了一口气说："如果我的商店就在这堵外墙上该多好啊！"

　　下意识的一个想法，突然让卡尔一阵激动，对啊，为什么不把商店开到外墙上去呢？如果这能成功的话，那不是在很远的地方都能看到？卡尔当即跑回到家里，对父母说，他想到办法了，他要把商店开到外墙上去！

"这是一个好主意，你准备在外墙上做一则大型广告吗？"卡尔的父亲问。

"如果做广告，我想可能算不上一个好主意，因为在这个大城市里，琳琅满目的广告实在太多了，我们的广告也不会比别人更出众！"卡尔说，"我准备在这堵外墙上钉满自行车！"

"这个主意简直糟透了，那要浪费多少钱？"卡尔的父母惊讶地说，他们无法理解他的想法。

"但是我相信，这会起到任何广告都无法起到的效果！"卡尔坚决地说。几天后，他不顾父母的反对，请来一支施工队伍，在那堵外墙上总共钉了120辆自行车，以最低价500欧元每辆计算，就等于是6万欧元被钉到了墙上日晒雨淋，卡尔的父母心疼得几乎要哭起来了，这么一家小小的自行车商店，却一下子白白浪费掉了6万欧元，到什么时候才能把这本钱收回来啊！然而，卡尔却胸有成竹。

把商店"搬"到外墙上以后，吸引了大量市民们饶有兴趣的眼光，不仅买车的人愿意到卡尔这里来，就连许多仅仅是从此经过的市民，也往往会停下来留一张影做纪念，更有无数的新闻记者也被这新奇的外墙给吸引住了，他们纷纷为卡尔的商店做了报道，而这种报道又间接地成了一种免费广告，他的人气越来越旺，甚至连根本没有打算买自行车的人也纷纷被引起了兴趣，老远赶过来买一辆回去。

就这样，卡尔的自行车店名气越来越大，销售量更是与日俱增，几乎每天都可以卖出 20 辆以上，最多的时候，他一天卖出了 80 辆。仅仅用了一个月，卡尔的商店就卖出了价格从 500 欧元到 3000 欧元不等的自行车近 2000 辆，销售额高达 400 万英镑，甚至超过了德国卡尔施泰特万乐百货公司的自行车月销量！一个月时间，卡尔从一位刚刚起步的大学生变成了一位百万富翁。半年后的今天，卡尔已经在比勒费尔德和波鸿两座城市开设了分店，而经营特色，同样是"把商店开到墙上去"！

是的，没有什么办不到，只怕你想不到！是智慧和胆识，让卡尔做出了一个把商店搬到外墙上去的决定，也是智慧和胆识，让卡尔成功。

由下往上的拆楼法

吉祥

日本首都东京，标志性建筑"赤坂王子酒店"大厦，始建于 1912 年，高 138 米，已经有百年的建筑历史，由于年久失修，不得不接受拆除。

竞标公告贴出后，许多建筑公司前去参加竞标，因为楼高建筑面积大，吸引了无数的公司前往，就连欧洲的一些公司也报名参加竞标。

就在竞标的当天，日本国会新加了一项硬性条款：由于地处闹市，行人众多，不得使用爆破、铁球撞击等传统意义上的方法，不得妨碍公众的行走。

这个条款几乎吓退了所有的竞标公司，因为按照国际惯用拆楼方法，只能使用由上往下的爆破与撞击方式，这样方圆五百米的地方势必要戒严，同时，行人不能穿越这块闹市区。而大厦地处日本商业区，旁边建筑林立，游人如织，国会正是考虑了人性化的需求，才加了这个硬性条款。

当天的竞标没有实质性进展，由于条件特殊，许多国家的建筑公司知难而退，只剩下日本东京的一家小型拆楼公司。

这家公司叫大成建筑，它的老板叫赤桑子，是个刚刚毕业、涉世未深的大学生，他喜欢建筑艺术，公司也建立不久，由于恰逢金融危机，他的生意很不景气。

赤桑子与自己的工程师星夜兼程地计算着其他方法，他们首先考虑在大厦的周围装上警报标志，并且疏导行人远离，但这个措施很快被排除，因为大厦的东边与西边，只有一条窄长的胡同，如果堵塞，将会引起大堵车，行人需要多绕行十余公里的路程。

传统的方法全是由上往下，如果由下往上地拆除，绝对不会引起动荡。赤桑子灵机一动，与工程师们日夜计算可行性，一周后，一份内容翔实的竞标报告放到了东京市城管局领导的桌上。

赤桑子采用的方法是最先进的"缓降拆除法"，先用千斤顶撑住楼层，再由低向高逐层进行拆除，大部分工作只需要在楼层内部进行，从外面根本看不出施工的迹象，只能看到大楼一层层地陷入地里。虽然这种拆除方法进度缓慢，但污泥极少，最大程度地减少了粉尘、噪音对周围环境的影响。

6个月时间，这座大楼被夷为平地，大成建筑公司也开启了拆楼方法的一个新时代，公司声名鹊起，由于掌握了这种最先进的技术，生意出奇地火爆，前来邀请他们拆楼的公司不计其数。

逆势而为，本身就是一种出类拔萃。别人不敢想的，也许正是技术的突破点，正是出奇制胜的商业法宝。大成建筑公司成功的案例告诉我们：打破传统技术，开发新型工艺，才是将来企业可以成功的诀窍。

好创意能够 hold 住一代人

孙建勇

记忆存在于每个人的头脑里，看不见，摸不着。可是，偏有一个年轻人别出心裁，把一段段鲜活的记忆从人们的头脑里拉出来——放大，强化，定格——然后，再卖给顾客，而且生意火爆。

这个年轻人叫韩桐。大学毕业后，他进入一家旅行社打拼，不久开始创办自己的旅游公司，每天起早贪黑，忙里忙外，但是，总没有取得预想的成就。于是，不甘平庸的他决心转行。2009 年 2 月，在北京灵境胡同，韩桐租下一间 60 平方米的老房子。那时，店面装修很费钱，一桶墙面漆就得好几百元。预算紧张，韩桐只得因陋就简，打电话给一帮同学，向他们索要很特别的东西——上小学或者初中时获得的奖状。一帮同学"领命"后，有直接从墙上往下抠的，有从镜框中拆卸的，有在家翻箱倒柜的，总算凑齐了一叠堪称"见证沧桑"的老旧奖状。韩桐又请大家帮忙，将奖状全糊在了小店墙上，以取代价格不菲的墙面漆。

简单装修后，韩桐给小店取了一个很特别的名字，叫8号苑。考虑到市面上食材昂贵，自己的口袋里又没有充足的周转资金，韩桐觉得首先从低端消费入手比较稳妥。大方向确定后，他又想，自己小时候最嘴馋的莫过于鲶鱼火锅、麻辣烫、冰激凌、甜不辣这些美食，于是，他决定卖火锅。为了增加吸引力，他别出心裁地给火锅、冰激凌等取了一些有趣的别名："奔波儿灞"、"灭火器"，印在菜单上。没想到，经这一弄，效果还真不错。8号苑一开张，就吸引了一帮年轻人前来就餐。大家吃着火锅、冰激凌、麻辣烫，看着墙上那些老旧的奖状，仿佛一下子回到了从前。边吃边谈论着儿时的趣事和糗事，简直开心极了。8号苑开张后，头一个月就有了盈利。

不过，韩桐并没有沉溺于胜利的喜悦。他对一个月来的营业情况和顾客成分进行了认真分析，敏锐地发现，来此的顾客多半是80后，而且，他们在意的不是吃得有多好，而是8号苑不同于别处的氛围。发现这一点后，韩桐灵机一动，一个更加大胆的想法油然而生：干脆打造一个纯粹的80后主题餐厅吧！

经过筹备，2010年5月，韩桐将8号苑进行重新装修，将原有的8号苑作为"大众食堂"，新设"8号学苑"。于是，一个充满无限怀旧情结和奇特经营模式的主题餐厅诞生了：这里的布置不像餐厅，完全像教室课堂的风格，白墙绿漆；教室前面是讲台（其实是收银台）；一面大黑板上写着课程安排，黑板上方贴了面小国旗；教室后面黑板报上写着"开学啦"；

餐桌是课桌的模样，只不过中间挖空了放着电磁锅，每个课桌上分别有一个课程牌，写着"历史"、"化学"、"数学"、"语文"等科目；餐具是搪瓷缸、搪瓷盘等。所有就餐者，进入餐厅前，都要接受身份证查验，1980 年 1 月 1 日至 1989 年 12 月 31 日之间生人，方可入内，被称为"上学"，否则拒绝入内，被称为"退学"。就餐规定一个半小时。店长就是班主任，课前（餐前），班主任喊："上课!"学生（顾客）起立喊："老师好!"课间（就餐时）要"齐声朗读"课文，做"考卷"（点菜）禁止作弊。课后（餐后）可以"跳房子"、"玩游戏机"等。表现出色的学生，可以从班主任那里获得跳跳糖、麦丽素、铁皮青蛙、哨子糖等物质奖励。通过考试，成绩优异的同学便能当上"班干部"，"值日生"可以志愿抽空来到教室（店里）义务帮忙。作为 8 号学苑的班主任，韩桐还定期或不定期地组织学生（顾客），开展球赛、棋牌赛和夏季漂流等课外活动，并把活动照片贴在 8 号学苑的墙上，供大家回味。

8 号学苑开张以来，其受热捧的程度令人咂舌，"满员"是每天的常态，每月营业额达到 50 多万元，刨除各种成本，净收入 10 多万元。所有到 8 号学苑的 80 后们，都被这种新奇的模式深深吸引。他们对童年的记忆被"拷贝"、被"下载"、被"粘贴"，清晰地呈现在眼前，使他们感到无比亲切和温暖。随着时间的流逝，8 号学苑的影响力由北向南迅速扩展，2011 年 10 月，8 号学苑南京分校正式开业，同样受到了广大 80 后的全力追捧。

　　韩桐说："我的 80 后主题概念，感情多于商业。正是因为绑定了 80 后这一群体，通过特色文化经营，培养了群体的忠诚度，所以才保证了稳定的客源。" 无疑，韩桐是一个精明的 80 后成功者，他所说的"特色文化经营"，其实就是把 80 后的记忆想方设法"找回来"，然后，再轻松地卖给他们。要说成功很容易，也真的很容易，只需一个好的创意就行；若说成功很难，那的确是难，难在不是每一个人都能想到"把顾客的记忆卖给顾客"。

一次过敏与千万财富的约会

段奇清

　　大学毕业后的陈莹，应聘到北京一家公司做白领。

　　那天，陈莹在一个 ATM 机上取完款后，随手在脖子上挠了一下，不一会儿，全身竟然出现了过敏症状。这究竟是怎么回事？难道是 ATM 机上有导致过敏的东西？

　　回家后，陈莹上网搜索了一下，不禁大吃一惊：英国一家医学科研机构，在对城市中心区域的一些 ATM 机进行检测后，发现上面存有大量假单胞菌和杆状菌等。

　　一天，陈莹到公司去上班，得知一位女同事得了红眼病，并且也是通过 ATM 机传染的。更有甚者，陈莹的一个邻居因为手指头被划破，接触了 ATM 机后，竟然得了破伤风，差点连性命都丢了。

　　陈莹坐不住了，她要消除这一健康隐患。与此同时，她也意识到这是一个不错的商机。

　　要去掉 ATM 机上的细菌，清洁剂是关键，她便从网上邮购了一些据说"去污力巨强"的清洁剂。但陈莹发现它们只对塑料上的污垢有效，如果用来擦拭金属，不仅上面的污垢除不掉，而且还会对金属表面造成损害。

原来，清洁剂并不是通用的。可是，ATM机的操作台是塑料的，键盘是金属的，有些部件还是由金属和塑料混合而成的，在一台ATM机上不可能使用多种清洁剂，这样可能会对机器造成损害，特别是由金属和塑料混合而成的部件。

如何才能解决这个问题呢？经过多次探索，却一直都没进展。一天，陈莹在路过一家装修工地时，见师傅正在调配涂料。她眼前不禁一亮：清洁剂是否也能采取调配的方法生产呢？

她的这一想法得到了专家的认可。在业内人士的指点下，学化工专业的她开始试制。一次又一次，总是失败，她却始终不放弃。一天，她终于看到了自己所期待的神奇的一幕：用调配出的清洁剂，加上特殊材料做成的抹布，无论是塑料还是金属，以及塑料、金属的混合物，只要轻轻一擦，上面那些陈年污垢就没有了。

陈莹正式辞去了那份高薪工作，成立了一家专为ATM机"洗澡"的保洁公司，当她将一份工作计划书送到一家银行的北京总部，分管ATM机的领导看过之后当即表态，同意将分布在房山区大学城内的150多台ATM机的清洁任务交给陈莹，每台每月的清洁费用为100元。

她的计划书是这样写的：ATM机的键盘用专用的清洁消毒剂清理，机身用特制的中性全能清洁剂擦拭。一定做到整机光亮如新，机器不受半点损害。由此，贵行既可通过为客户带去安全健康的服务提升形象；同时也能避免因隐藏过多的污垢而导致机器运行速度变慢，或经常死机，甚至无法启动的现象。

不久，陈莹带领几名保洁员正式开始工作，每清理擦拭完一部，她都要 ATM 机的责任人予以验收。而责任人验收也只是管理过程的一环，最终还是要以客户的评价作为银行结算付酬的依据。一个月很快过去了。得到的评价几乎都是：机器如此清洁，这种为储户的健康着想，用户第一的精神，让人放心，给人温暖。

客户又怎能不好评如潮？陈莹仅清洁工具就多达 13 种，不说机器表面，就连银行卡插槽、键盘缝隙等保洁死角，也皆被清洁得无尘、无渍、无菌。

凭着这种独门配方的清洁剂，以及精益求精的工作态度，陈莹的业务得到不断拓展。到 2011 年年底，北京已有 3 家大型银行与陈莹签约，共计五千多台 ATM 机全部由陈莹的保洁公司负责清洁擦拭。

如今，陈莹的保洁公司由只做 ATM 机的清洁，发展到清洗火车、地铁、自动售票机、手扶电梯等。对设在通州的化学制品公司，她还对其更新改造，从最初只生产 ATM 机清洁剂，扩大到研制生产电话机、电脑等的清洁剂和消毒液。目前，公司的年利润已超过 8000 万元。

第三辑：把自己打造成品牌

德国小镇上的"蜜月旅馆"

张军霞

"亲爱的，我们结婚时，我可以不要钻戒，甚至不穿婚纱，但一定要去安贝格旅馆，我要在那里度过最浪漫的新婚之夜！"恋爱中的德国女孩芭芭拉，郑重地向男友海恩斯表达着自己的心愿。

芭芭拉所说的安贝格旅馆，位于德国巴伐利亚州的安贝格小镇。它是一家世界上最小的豪华旅馆，也叫蜜月屋，位于两栋建筑物之间，整栋楼只有 53 平方米，距今已经有 283 年的历史。相传任何一对情侣只要新婚之夜在这里度过，就能白头偕老一生。这个美丽的传说，使世界各地的情侣纷纷慕名而来。

关于这座蜜月屋的起源，则要追溯到 18 世纪初期。那时，安贝格镇议会通过了一项法令，规定每对谈婚论嫁的情侣，必须先购买房子，然后才可以办理结婚登记。它的出台，一下子难住了那些准备"裸婚"的年轻人，他们苦于没有积蓄买房子而无法牵手。

一天晚上，安贝格镇一个叫约翰的年轻人，在参加朋友的聚会时，听到一对热恋中的情侣在抱怨："不买房子就不允许结婚，我们暂时没有那么多钱，如果能买到一所最小的房子就好了！"

说者无心，听者有意。约翰立刻想到，自己家正好有一块地皮，因为面积太小，一直闲置着，何不利用它盖一套小房子来出售呢？于是，约翰很快向亲友们筹措了一笔钱，巧妙地利用两栋建筑物的间隙，盖了一座面积很小、总价低廉的"小户型"房子。

房子盖好没多久，很快就有好几对情侣前来咨询，想要购买这套房子。正当约翰准备出售房子时，却因为众多年轻人的抗议，安贝格镇议会又废除了那条先买房后结婚的法令。这样一来，约翰的房子立刻无人问津了。

正当约翰一筹莫展之际，一对美国来的游客找到了他。原来，正在度蜜月的他们，无意中发现了这座小巧玲珑的房子，希望能够借住几天。约翰立刻就答应了，并以唯一服务生的身份，尽可能地为他们提供最温馨的服务。

这对游客在住满一星期之后离开，他们对这段甜蜜的时光留恋不已，很快又介绍了自己的朋友过来住。敏感的约翰立刻嗅到了小房子可能带来的商机，于是他请了专业的设计师来帮忙，对房子的布局重新进行了安排，让它摇身一变，成为世界上最小的旅馆。

从外观上看，约翰的小旅馆就是简单的红砖房，一共有 7

层，因为房子的宽度只有 2.5 米，所以全部使用面积加起来只有 53 平方米。为了吸引顾客，每层楼都有一个主题房，里面配有华丽舒适的装饰和设备。虽然面积狭小，但卧室、浴室和起居室却一样不少，它们分别位于不同的楼层，里面的家具和雕塑也是量身定做的。整座房子呈现出一种华丽而又浪漫的风格，让房客置身其中能感觉到家的温馨。

这座别具特色的旅馆，只能容纳 2 名房客，因此，慕名前来的多是来度蜜月的新婚夫妇，不论他们来自何方，要住多久，约翰都会为他们打造顶级服务。短短一年的时间，它就被打造成了非常知名的"蜜月屋"。

从 1728 年至今，已经有 283 年历史的安贝格旅馆，虽然换了不少主人，但经营原则却一直没有变，那就是在这所最小的旅馆里，提供最好的服务。不久前，这家古老的旅馆经过整修，已经荣升为五星级旅馆。由于它每次只能接待一对夫妇，所以要想体验这个"世界上最小的五星级旅馆"，一定要提前预约。目前，该旅馆的预约呈现爆满的状态，最早入住也要等到 3 个月以后了。据了解，入住一晚的价格总共要 240 欧元（约合人民币 2036 元）。

借鸡生蛋的创意

方益松

　　1953 年初春的一天，依旧春寒料峭。一个衣衫褴褛的小伙子，从几百里外的一个乡村，徒步来到美国洛杉矶街头，他期待在这个城市实现自己的人生理想。

　　在来到洛杉矶之前，他已经走了两天两夜的路程。在这个陌生的城市，在街头熙熙攘攘的人流中，他又急又饿。他摸了摸口袋，身上充其量只有 59 美元。这 59 美元是什么概念？在当时的洛杉矶，仅仅可以让两个人在一个小餐厅饱餐一顿。

　　"这是个很糟糕的事情！"他无奈地耸了耸肩。

　　一天的考察，他发现，在这个偌大的市居然只有一家杂志，而且还是关于园艺方面的。但即便如此，在街头巷尾，该杂志的受欢迎程度，使他马上敏锐地觉察到，要是在该市办一份杂志，那将是个很不错的选择。可是，办杂志需要大笔的资金，而自己口袋里只有区区 59 美元。经过一天一夜的苦思冥想，他终于有了主意。

　　第二天一早，他赶到超级市场，倾其所有，买了一身西装。在洗手间用自来水把凌乱的头发简单梳理成型。

他找到洛杉矶市府办公室，向市长助理说明了来意：他此行是代表全市 73 家企业向市府提出申请，希望能率先在本市办第一家由政府部门主管的杂志。经过近一个小时的会谈，市长助理与其达成协议，那就是，倘若他能拉到开创杂志的 80％的费用，这个方案将得到市府的首肯和通过。市府的意思是说，他们只同意付给 20％的办杂志费用。"请给我 5 天的时间，我可以拉到 100％的费用。"小伙子心里不禁窃喜，他果断地做出承诺，并迅速签下了合同，合同规定，3 个月内，由小伙子自己负责牵头组稿并出版发行该杂志。

有了这份合同，等于他策划中的杂志雏形已得到了官方的认可和默许。他迅速在当地召开了一个媒体发布会，宣布本市将办一家杂志，并联系了当地几个大型企业的负责人，承诺在杂志的扉页给企业做整版广告，条件是企业必须给予一定数额的赞助。而且，全市只有提前报名的前 40 家企业才可以获此殊荣。名单一旦确定，该市的其他任何企业不得在该刊做广告。不出 3 天，全市的企业纷纷出资赞助。

由于小伙子精心地策划与运营，该杂志很快在洛杉矶立足并逐步发行和影响到全美乃至全球。

这个小伙子就是休·哈夫纳，而他从零投资开始，一手创造的这家杂志就是美国《花花公子》杂志的前身。如今，《花花公子》杂志已是一个集出版、影音、娱乐和服装为一体，并在美国纽约股票交易所上市的大型集团，它近乎神话般成功打造出史上最庞大的出版帝国。其名下的资产保守估计都有3000万美元，其中仅仅是《花花公子》杂志在全球便有19个版本，拥有不同国家的500万读者（主要为男性）。如今，《花花公子》和它的兔女郎商标，已经成为美国文化的象征之一。

最新一期的美国《时代》杂志曾这样形容他：很多时候，成功并不仅仅是财富的堆砌与积累，像休·哈夫纳一样，用别人的鸡下蛋，相信，这也不失为一种良好的谋略与成功之道。

低调坚守，成就盛名

张珠容

瑞士军刀始创于 1884 年，它的创始人卡尔·埃森纳为纪念自己的母亲，就用母亲的名字"维多利亚"注册成了商标，瑞士军刀因此也被世人称为"维氏军刀"。1918 年，58 岁的卡尔·埃森纳去世了，他把产业留给了两个儿子卡尔·埃森纳二世和爱德华·埃森纳。就是在这个时候，两个儿子携维氏军刀挺进美国，并且让其迅速壮大起来。

"二战"末期，美国人热衷于制造豪华的折叠刀具，这无疑给了维氏军刀一个巨大的市场。维氏公司开始积极地通过美国福利社向"二战"中的士兵发售他们的军官刀。由于质量好、功能多，维氏军刀很受欢迎，造成了供不应求的局面。然而奇怪的是，无论世界各地的经销商怎么催，维氏军刀的产量都没增加。

原来，卡尔·埃森纳二世和爱德华·埃森纳两兄弟一直秉承着父辈的生意理念，把技艺娴熟的工人当作军刀的核心竞争力。要扩大生产量，就必须培养新的工人，但是培养合格的工人需要一定的时间。这样的情况下，他们不想因为仓促找人，而影响到刀的质量，于是，就出现了供不应求的局面。

其实，还有一个让维氏公司坚持不加产量的重要原因，那就是公司成立之初就定下了一条司训：不准解雇员工，而且要以最大的福利对待工人。因而，如果为了扩大生产量而招收新员工，那么就意味着在生产热潮过后，公司负担就增加了。

所以，面对眼前潮水般的订单，维氏公司依然清醒地坚持着祖辈的信条，维持着原来 1000 多人的员工数量。这 1000 多人里面很多是祖孙三代。

维氏公司这种缓慢扩张的做法，必然遭到一些客户的指责，但却为公司赢得了更好的口碑。这个口碑给瑞士军刀带来了两个巨大的"免费广告"。

20 世纪 80 年代，一部名为《马盖先》的电视剧风靡世界。剧中的主人公懒散但能干，屡次成功地对付暴徒、间谍、科学狂人，甚至是精神病人。有意思的是，马盖先的唯一武器就是瑞士军刀，他用它来拆炸弹、撬锁……这样的一部片子，给维氏公司带来了极大的广告效益。

还有就是在 1983 年，一位德国宇航员乘坐航天飞机在空间站里要完成 72 项实验。无数人通过卫星转播观看他的一举一动。可是当他打开工具箱的时候，忽然发现带的扳手型号不对。宇航员犹豫了几秒之后，镇静地拿出了一把瑞士军刀，并且用军刀里藏着的扳手顺利解决了难题。这样的一次转播，让瑞士军刀的形象更深入人心，甚至有人给它起了个很响亮的外号，叫"无敌的空间勤杂工"！

正是因为维氏公司低调地坚守着祖辈留下来的这些信条，瑞士军刀才能够赢得全世界的青睐，销量一直遥遥领先，创造出百年辉煌。

一只苹果的智慧

朱龙标

　　他出生在美国一个富裕的商人家庭。20岁那年，美国发生了严重的经济危机，几乎一夜之间，他遭遇破产的家便变得一贫如洗。为摆脱危机，他被迫离家出外闯荡。那天，饥肠辘辘的他正在达拉斯市的街头踌躇——他已经两天没有吃一顿饱饭了。突然，草丛中一只小灯笼般的红苹果映入了他的眼帘——"这也许是上帝送给我的早餐吧！"他的心一阵狂跳，双手颤抖着把苹果拾了起来，正想大咬一口，可是他咽了咽口水，很不舍地把苹果放回到口袋中了。"还是留到最关键的时候才吃吧！"他想。

　　就这样，他怀揣着那只异常珍贵的苹果，半躺在达拉斯市车站门口的一个石墩上，沐浴着和煦的阳光，看着身边的人来车往，心中充满了无限的幻想。中午的时候，他用那只苹果跟一个背着画板路过他面前的小男孩换了一支彩笔和10张绘画用的硬纸板。不久，人们便看到一个满面阳光的年轻人在接站的人群中兜售一种用纸板做的东西："出售接站牌，一美元一个。"那天晚上，他吃上了美味的汉堡包，并在车站附近找了一家廉价的旅馆洗了个热水澡，美美地睡了一觉，此时他口袋中还剩 6 美元。两个月后，他的接站牌由硬纸板变成了制作精美的迎宾牌，他还雇用三个人给他打下手。

一年后，他的存折上有了 5000 美元的存款，可是他仍认为这样赚钱与他的理想还差距太远。有次他牵着心爱的小狗在繁华的达拉斯街头溜达，突然发现整个达拉斯商业区居然只有一家饭店。他就想，如果在这里的黄金地段建一栋高标准高档次的大型旅馆，肯定会很赚钱。经过反复论证，他觉得位于达拉斯商业区大街拐角地段的一块土地最适合建旅馆。于是，他就去找这块地的地产商老德米克，精明的老德米克当然知道这块地有多么宝贵，因此开出了 30 万美元的高价。年轻人实在拿不出那么多的钱来买下这块地皮，却请来了建筑设计师和房地产评估师给他设想的那个旅馆测算。当他们了解到他只有5000 美元的现金时，讥讽他道："年轻人啊，你不是在做白日美梦吧？你就等着下辈子再建吧——因为这至少需要 100 万美元的资金！"年轻人并没有气馁。他用手中的 5000 美元买下了一个郊区小旅店。在他的努力经营下，不久他就有了 5 万美元盈利，然后他找到一个朋友，请他一起出资，两人凑了 10 万美元，开始建设这个旅馆。当然这点钱还不够购买地皮，离他设想的那个旅馆也还相差很远。

他再次找到老德米克签订了购买那块土地的协议，土地的出让费为 30 万美元。

眼看合同规定的付款日期就要到了，年轻人却只带了少许美金找到老德米克："我之所以要买你的那块土地，是想建造一座在这个城市最气派、最豪华的旅馆，而我的钱却只够建造一个一般的旅店，所以我现在不想买你的地，只想租你的地。"老德米克恼火了，不愿意和他合作了。

年轻人很有耐心，他十分真诚地告诉老德米克："如果我可以租借你的土地的话，我的租期为 90 年，分期付款，每年的租金为 3 万美元，你可以保留土地的所有权，如果我不能按期付款，那么你完全可以收回你的土地和在这块土地上建造的旅馆。"老德米克一听，心中暗喜："世上竟有这样的好事，30 万美元的土地出让费没有了，却换来 270 万美元的未来收益和土地所有权，还有可能获得在这块土地上新建造的豪华旅馆，何乐而不为？"于是，这笔交易就谈成了。年轻人当即支付了第一年的 3 万美元租金。这样，他省下了 27 万美元。可他手中的 7 万美元与建造旅馆所需要的 100 万美元相比，差距还是很大。

在一个适当的时机，年轻人又找到老德米克，"我想以土地作为抵押去银行贷款，希望你能给予支持。"老德米克很生气，可是又没有更好的办法，只好同意了。

他拿着从老德米克那里获得的土地使用证书顺利地从银行贷到了 30 万美元，加上他原有的 7 万美元，就有了 37 万美元。可是这笔资金距离 100 万美元还是相差很远，于是他又找到一个富翁，请求他一起建造这个旅馆，这个富翁出资 20 万美元入股，这样他的资金就达到了 57 万美元。1924 年 5 月，他的旅馆在资金缺口较大的情况下动工了。但是当工程建到一半的时候，他的 57 万美元已全部用完，他又陷入了困境。经过几天的苦苦思索，他不得不又来找到老德米克，如实介绍了资金上的困难，希望老德米克能出资，把建了一半的旅馆继续完成。他说："如果旅馆一完工，你就可以完完全全拥有它，不过你应该租赁给我经营，我每年付给你 10 万美元的租金。"这个时候，老德米克感觉到自己已经被深深套住了："如果我不答应，自己投入的钱一分都收不回来了。况且，自己并没有吃亏——旅馆建好后，自己不仅可以完全拥有它，而且连土地也是自己的，每年还可以拿到一笔不菲的租金。"于是老德米克又心甘情愿地掏出巨额资金来继续建造旅馆，直至旅馆竣工。

1925 年 8 月 4 日，以这个年轻人的名字命名的旅馆建成了，它就是著名的达拉斯"希尔顿大饭店"；建造这个大饭店的年轻人就是后来名噪全球的世界旅馆之王康拉德·希尔顿。他所创立的希尔顿旅馆帝国，在世界各国拥有数百家旅馆，资产总额达 7 亿多美元。

从仅有的一个苹果到拥有 7 亿多美元的资产，这笔巨额财富的积累，希尔顿仅用了 17 年的时间。当希尔顿回忆起这段往事时，他平静地说："上帝从来都不会看轻卑微，他给谁的都不会太多。"是的，尽管上帝只给了他一只苹果，他却用这只苹果的智慧赢得了一个世界。

把自己打造成品牌

方益松

1918 年，在日本大阪一条极不起眼的街道，一家小小的企业悄悄地成立了，这就是松下幸之助创立的松下电器制作所。创业初期，由于资金不足，该所只能靠传统的手工作坊模式，做的也仅仅是品种单一的电灯灯座，其后又转向制作自行车用的车灯。由于同行间的剧烈竞争，企业在创业最初的半年内，几乎一直停滞不前，所得的利润也仅仅只够开付工人工资。

这天，一个名叫井植俊夫的职员到公司应聘。松下先生亲自接待了这个毕业于某知名大学专修企业管理的年轻人。看着井植俊夫气喘吁吁的模样，松下不禁心生诧异。"我找了整整 4 条街道，几乎没有人能够准确告诉我，在这里有着这样一家公司，更不要说贵公司的具体方位。我想，这也许是您不愿意听到的话题。但我觉得，这确实应该是阻碍贵公司没有做大做强的主要原因之一。"年轻人的一席话，让松下自己也汗颜了。他当即决定留用这个年轻人。

一个星期后，井植俊夫拿着厚厚的一沓计划书，敲开了松下幸之助办公室的门。他提出了"把自己打造成品牌"这8字方针。

把自己打造成品牌？松下幸之助看完计划书，不禁微微颔首。

1个月后，松下按照井植俊夫的建议，以极其低廉的价格圈下了公司附近20亩的荒地，并环绕一圈砌上围墙，在围墙上喷绘企业的形象广告。2个月后，松下公司承诺，为附近所有住户以及店铺的商户承印精美的门牌和名片，地址一律写日本大阪某某街道某某号松下电器旁。由于其环绕20亩的围墙文化效应，再加上后期的得力宣传，即便是当地的儿童也会讲出"我家住在松下电器旁"这一句脍炙人口的广告词，大阪的民众也逐渐开始记住了这家叫作松下电器的企业。这是井植俊夫所说的第一个策略，那就是，倘若你想把自己成功推销出去，首先让别人找到并记住你，这样才有可能把自己打造成为品牌。

不仅如此，在井植俊夫的建议下，松下电器开始率先向家用电器这一在当时还属于高端产业的领域进军。从1951年，公司首次打开美国市场，到与飞利浦公司签订合约，把西方的技术带到日本，松下电器逐渐开始了腾飞与发展。从最初的电灯灯座，到后来的数码电子产品，企业逐步扩展为从电子材料到零部件，从部品到整机，从家用电器到工业机器，无不做到精益求精，间接与直接转投资公司有数百家。找准自己的定位，只做最好的与最实用的。这是松下电器最终取得成功的第二个策略。这两个策略成为松下电器直到目前还在努力遵循并且影响公司发展的白金法则。

从最初的 3 名员工到如今的逾 40 万员工，年营业额超过 1 万亿日元。2008 年，松下电器收购 70.5％三洋电机股权并实现成功并购，这些看似枯燥无味的几个数字，正充分证明了松下电器是如何用了近百年的时间，才把自己真正打造成了品牌。如今，松下电器已成为位居全日本第一、世界第二大的综合性的大型电器王国。

桑迪的传奇人生

常宝军

20世纪50年代，一位名叫桑迪的美国穷小子在纽约郊外的杰斐逊港镇上，与一位叫琼的姑娘结了婚。结婚后，他们的所有财产只是妻子的3500美元陪嫁。一段时间内，他的薪水甚至无法同时支付牛奶费和购买婴儿尿布。后来，妻子把陪嫁钱拿出来，让他在镇上开一家生牛屠宰作坊，专卖牛肉。

小镇上还有一家牛排餐厅，那里的生意非常好，每天都能为桑迪的牛肉作坊销掉不少牛肉，再加上外地的订货，桑迪渐渐有了一些多余的钱。但是好景不长，没过多久，牛排餐厅因为内部管理和经营策略上出现问题，生意越做越差，餐厅老板不想再经营面临倒闭的餐厅了，他希望有人能够买走餐厅。因为餐厅的生意不好，没有人愿意出价盘下这个烫手的山芋。

发愁的人其实还不止餐厅老板，因为餐厅的生意下降在无形当中也减少了桑迪的牛排销售量。最后，桑迪经过仔细考虑后做出了一个很惊人的决定：买下那家餐厅！

他的妻子不解地说："你疯了吗？买下那家即将倒闭的餐

厅？它能为你带来利益吗？"

"能！而且买下它以后，我们所拥有的价值就不是 $1+1=2$ 了！"桑迪用确定的口气说。

"真是荒唐！$1+1$ 难道会等于 3？"他的妻子说。

"确实不是等于 3，而应该是等于 4！"桑迪回答。

几天以后，桑迪在妻子的担忧中用他们的全部积蓄——5000 美元买下了那家餐厅。他对餐厅的经营做了一系列大胆而富有创新的改革，并且还聘请了最好的厨师来做牛排，渐渐地，餐厅的生意开始好转。餐厅的生意好了，牛排的销售量自然就增加了。一年之后，桑迪成了全镇屈指可数的富人。这时，桑迪对他的妻子说出了"$1+1=4$"的逻辑：原有的一家作坊加上一家餐厅，表面上看是"$1+1=2$"，但是我们经营餐厅在牛排的原材料上省去了一笔开支，节省下的成本实际上就是一种利润，这就使 $1+1$ 等于 3 了。至于牛排卖给自己的餐厅，表面上看是收不到钱，但却是一个非常固定的销售点，再也不需要为如何才能保住这个销售点而费脑筋了，而这省下来的精力，又可以用在开拓另外的牛排市场和餐厅的经营上，这又是一种无形却又十分巨大的财富，这样一来，$1+1$ 就成为了 4！

经过几年的商场打拼之后，桑迪在不断的成长中发现自己对诸如此类的资本运作特别有天赋，于是在 1960 年毅然卖掉了他的屠宰作坊和牛排餐厅，到纽约成立了一家西尔森证券经纪公司，在随后的数十年里，用"$1+1=4$"的理念运作了一连串并购和整合，而他所拥有的商业信贷公司在 1992 年更名为旅行者集团。1996 年，凭借 213 亿美元的年收益和 23 亿美元利润，旅行者集团跻身"财富 500 大"前 40 强。1998 年他又与花旗银行合并建立全球最大的金融公司——花旗集团，桑迪一人统领这家旗下有 27 万名员工的大企业。

没错，他就是连续多年被纽约证券交易所评为"最佳 CEO"并且素有"资本之王"称号的桑迪·威尔。美国《财富》杂志曾为他写了一篇《不可多得的管理者》的文章，里面有一句话是对桑迪·威尔最巧妙而形象的概括："1＋1＝4 的财富人生！"

一个把手拯救"苹果"

段奇清

1997 年，苹果公司处于破产边缘。

那时史蒂夫·乔布斯已被挤走多年，正可谓"雾失楼台，月迷津渡"，公司处于极度迷茫中。管理高层欲让公司走出困境，眼睛只盯着赚钱，一心要追求利润最大化，却始终没有利润。

公司有一位出身英国、名叫乔纶纳森·伊夫的年轻设计师，他认为这种急功近利的做法，根本不可能使公司好转，于是有了辞职的想法。正在这时，已离开了 12 年的乔布斯回到公司。乔布斯认为，苹果要再度散发出诱人的奇香，当务之急就是改变企业文化。在第二天，乔布斯召开了职工大会，会上他发表演讲说："苹果的重点应该是制造伟大的产品，而不是为了赚钱而赚钱。"

从乔布斯的演讲中，伊夫看到了希望，他决定先留下来再说。伊夫本来是一位充满灵感极具创意的设计师，早在大学毕业时，就曾两次获得英国皇家艺术学会颁发的学生设计大奖。

可他在苹果的设计并不被以前的领导赏识，这次他要看一看，乔布斯是不是真的有一双慧眼，能让他真正成为一颗珍珠而放出异彩。

伊夫决定放手一搏，完完全全按照自己的理念进行设计，除了给个人电脑设计了半透明的彩色外壳外，更是别出心裁地设计了一个把手。有人认为他这是画蛇添足，可乔布斯一见到这个设计，两眼立即放出光彩，激动地说："这可是一个奇妙的东西，它貌似多余，可有了它，就会让人有安全感。"此时，伊夫两眼更是大放光芒，暗自高兴：我们两人仿佛心有灵犀，他所说的就是我的想法。因为当时个人电脑刚刚问世，人们对它还有畏惧感，想使用又怕它伤害到自己。有了这样一个把手，人们如同握住了蛇的七寸，没什么好怕的了。

就是这样一个小小的把手，让苹果充满活力，公司一天天壮大起来，同时也让伊夫的人生进入柳暗花明的境地。在回到苹果之初，乔布斯曾考虑聘请意大利具有传奇色彩的汽车设计大师乔治亚罗做公司的首席设计师，伊夫的设计让他改变了主意：伊夫才是首席设计师不二人选啊！

从此，伊夫有了施展拳脚的舞台。设计实验室的人员全部由他挑选，并配备有高性能的电脑，最先进的模具设计和试验装备。伊夫也将自己的全部心血都花在了设计上，如为了给iMac设计一个彩色的半透明外壳，他和设计人员到一家糖果厂研究胶质软糖，这样的设计，让个人电脑从呆板的米黄色盒子变成漂亮爽目的家庭装饰；为了改善电脑支撑臂，他花了几个月研究向日葵的茎，最后设计出了一款既优雅又特别引人注目的支撑臂，为公司又撑起了一片宽广的天空；为了使 iPad 更加轻便易携，他专程飞到日本，向一位铸剑大师求教，结果让 iPad2 比以前的薄了三分之一，这款产品如同长了灵巧的翅膀，翩翩然飞进了一个又一个家庭。

乔布斯一再给伊夫极高评价，他在病重时曾说："除我以外，伊夫在苹果比任何人都更有营运能力，没有人能对他发号施令，我就是这么安排的。"不过，伊夫似乎并不想当什么 CEO，他沉湎于设计，只想专心致志地创造出一件又一件令世人着迷的产品。

可苹果的重任就是要落在他的肩头上，过去一年，伊夫代替乔布斯掌管公司的"高层经理委员会"。如今，这位负责产品工业设计的高级副总裁又开始主持人机界面的设计工作，即是说他同时担任产品软件和硬件的首席设计师，在苹果的历史上，只有乔布斯这样"软硬通吃"过。

2008 年 1 月，英国《每日邮报》将伊夫评为"在美国最有影响力的英国人"。

一个把手拯救"苹果"，它告诉人们，一个能让世界改变的杰出者，一定是一个能赏识天才的人。而赏识与被赏识，往往隐藏在并不起眼且看似多余的东西之中，被赏识是独辟蹊径的创新，赏识则是一双善于发现天才的慧眼。

不涨价，却成了行业冠军

段奇清

当一个企业的产品供不应求时，也就说明市场需求量大，业主往往会将产品的价格调高。可就有这样一位餐饮企业老板，无论人们怎样一餐难求，他就是不涨价。

这家位于西班牙罗萨斯镇的名叫"斗牛犬"的餐厅始创于1963年，那时它只是一个海滩酒吧，主要为当地渔民服务。1980年，他接手了这家餐馆，在他的精心打理下，到了2002年，这家餐馆的名气开始节节上升，也就常常是人满为患。

也许你会想，他该扩大店面了吧！是的，他扩了，可他就是扩大了那么一点点，即餐桌由10张增加到20张。其实等于没扩，因为，为了精心烹制每一道菜，他索性取消了早中供餐，只供晚餐。更让人不可思议的是，到了后来，一年中，他只营业一半时间。

那么还有半年他们在做什么呢？他不是让员工在世界各地寻找最为新颖、可口的食材，就是聚集在工作室里，紧张地试制新品。也就是说，他总在考虑怎样为顾客提供前所未有的菜肴。

这还得从他接手这家餐馆说起。他接手时斗牛犬尚默默无闻，他不愿意它就这么下去，他一定要改变它。那天餐馆打烊后，他到屋外散步，一路走着，一边是青葱的山，一边是浩瀚的海。他说，这真是一个有山有水的好地方呀！对，餐厅的菜肴里就该充满山和海的味道！

想到就做。经过一次又一次的试制，一道美味像一轮朝阳，破海腾山而出。那是以山上的蜗牛、蘑菇，海中的蟹，添加提味的橄榄油制作而成。就是这一道"蜗牛炒海蟹"，使斗牛犬一跃而成为了二星级餐厅。

1994 年，又有一道菜被人们极为称道。那是一种食物的碎末，入口即无，却让人回味无穷。这道菜是他"技术理念烹饪法"指导下的杰作。厨师们先是将收获来的新鲜西红柿放在一个大盆子里，然后用打气筒往西红柿里充气，西红柿在瞬间爆炸。这样的原料烹饪出的菜让人有着从来没有过的口感。在他的餐馆里，你吃的面条也许是液体的，意大利面酱却是固体的，法国蜗牛做成了西瓜模样……那是将一些东西打成浆重新组合的。

他给这种菜肴取了一个名字——"分子美食"。

他们寻找食材的脚步更是遍布世界的每一角落，为发现一种新食材，他不惜学神农尝百草，以致曾数次中毒。

如此呕心沥血做出的菜肴，焉有不出名的道理！自从2006 年以来，每年要到餐馆进餐的人多达 200 万人，他只能从中挑选 8000 人。即便这样，他就是不涨价。人们说，以他餐厅菜肴的质量，以他的名气，即便一次人均消费价格定在 1000 欧元以上，人们同样会趋之若鹜。可他的价格是多少呢？230 欧元。他说，这样做，最主要的原因，是不让斗牛犬脱离始建时的平民身份。也就是说，难得一顾的斗牛犬并不是有钱人的专属地，它同样属于渔民，属于大众。

不容置疑，这样的价格是一个亏本的价格。然而就是这样一个价格，却让他的餐厅成了世界餐饮业中最赚钱的。

那么他又是如何赚钱的呢？只因为他的菜每一道都是至味，人们吃完了，就想学着做，或者是用他的烹饪方法为家人做一桌美味佳肴，或者是开一家餐馆，说不定就走上了一条富裕之路。而最快捷的办法当然是从书本上学了。

为了满足消费者的这种要求，1993 年一本名为《斗牛犬——地中海风味》的烹饪书问世了。就是这样一本书，一版再版，到如今已销售千万本之多。而且价格一提再提，以至每本卖到 100 多欧元。可只要见了这本书而手头没有的，几乎没有不主动掏腰包购买的。

就这样，餐厅老板摇身一变成了畅销书作者。而且只要他想写，他的书还可以不断地出下去。因为仅在过去 15 年中，他与他的伙伴们开发出的新烹饪技术和理念以及菜式就超过了过去全世界一个世纪的总和。可不，1998 年，他就又出版了一本厚厚的名为《斗牛犬的秘密》烹饪书。

不要担心他的技术真的会被人学去，写书出书需要时间，由于这种滞后性，别人学的只能是他过去的菜式。再说，他所用的食材不是人们随便能找到的。无论人们怎样用功，欲与每天几乎都有新菜式的斗牛犬抗衡是不可能的。

当然，仅靠出书还不能让他的餐厅盈利，甚或说保本。每年斗牛犬餐厅的亏损大约 30 万欧元，其中仅研发费用就有 25 万欧元左右。最来钱的是一些品牌食品厂家心甘情愿地给他们"送钱"。他们与巧克力生产商 Chocovic、伯爵食用油、Kaiku 冷汤、Lavazza 咖啡和乐事薯片等食用品厂家都建立了合作关系。说合作，也不过是别人在包装上贴上"斗牛犬指定选用产品"的标识而已。还有品牌服装厂与他合作设计生产斗牛犬烹饪服，他也办厨师培训班。这样他的餐厅每月也就有着极为可观的进项了。

他就是阿德里亚。

2002 年，英国《餐馆》杂志首次发布"世界 50 佳餐馆"名单，斗牛犬餐厅排名世界第一，此后连续 4 年蝉联冠军。而且它还几乎获得世界餐饮界所有奖项。现在许多人皆认为，到斗牛犬吃顿晚餐，不仅是一次美食之旅，还是一件值得夸耀的事。

你的产品供不应求，却不涨价，别人就会看好你。正如阿德里亚所说，斗牛犬不是靠餐厅本身赚钱，而是靠影响力获得利润。由此看来，实现一个人的价值，影响力的作用是最大的。而影响力除了靠智慧外，更得仰仗其为平民大众、为消费者服务的人格魅力。

一块牛排成就的经典商业案例

李耿源

1944 年 8 月，纽约商人阿曼德来到他的妻子继承的、位于新泽西州的一个小庄园度假。这天中午，他特别想吃牛排。可庄园的工人告诉他："我找不到菜牛。只好买了这头怀孕的母牛。什么时候宰杀，请主人吩咐。"阿曼德摇头说："我可不想为吃一块牛排连未出生的牛犊都杀了。"不久，小牛犊出生，母牛的死刑也缓期执行。第二年，母牛同邻居的一头公牛交配，又产下一头小母牛。

一头牛变成三头牛，阿曼德看到了商机，决定投资养牛业。他随即购买了牧场，聘请了一位饲养经理，开始了他雄心勃勃的养牛计划。

"您就得买一头全国最好的公牛。"经理告诉他。

恰在几个星期之后，有一场良种牛拍卖会，有一头名叫"埃里克王子"的公牛将展出和拍卖。这头公牛已在多次比赛中蝉联冠军，它的后代不论是公牛还是母牛，都是纯血缘的良种牛，其主人已从它身上赚了很多钱。

183

阿曼德对经理说，我们一定要得到"埃里克王子"。价位是1.5万美元——这已是当时上等公牛中的天价。

拍卖会开始。然而一叫价时，就有人直接叫到1.5万美元，接着一路攀升，当升到3万美元时，只有阿曼德和芝加哥商人莱斯利在竞价。当他叫到3.5万美元时，自己都吓了一跳，这个价钱高得太离谱——他动摇了。

结果，莱斯利以3.51万美元的价格，成了"埃里克王子"的新主人。

4年后，"埃里克王子"大量繁殖的优质后代，让莱斯利获利上百万美元。阿曼德非常懊悔，因一时胆怯错过了赚钱良机，如果再得不到"埃里克王子"，他一刻也不得安宁。他乘飞机到芝加哥，要莱斯利把公牛卖给他。

"卖给你可以，但得10万美元！"莱斯利说。

太想要"埃里克王子"的阿曼德最终签出了10万美元的支票。

当"埃里克王子"来到阿曼德的养牛场后，却发生了意外——它无法与母牛交配。一头无法交配的公牛，等于一文不值！原来，在这4年里，莱斯利急功近利，为了让"埃里克王子"多繁殖后代，饲养员对它棍打鞭抽，逼着它与一头头母牛交配。它因劳累过度，患上严重的ED症。莱斯利利用它大发其财，最后还狠狠敲了阿曼德一笔竹杠。

全美养牛界炸开了锅。幸灾乐祸的人说："阿曼德想吃牛排想疯了！""让他滚回纽约去吧，他以为会吃牛排就会养牛"

……媒体报道则揶揄地说，阿曼德创造了公牛价格新的世界纪录！

但是，当一些农场主还在嘲笑阿曼德时，从他的养牛场里却不断传出爆炸性新闻——"埃里克王子"在 3 年的时间里竟然孕育了 1000 头良种牛，直接为阿曼德狂赚 200 多万美元；它的后代获得 6 次国际冠军，它的有些后代一离开娘胎就被顾客买走；一到拍卖的日子，就有许多私人飞机在阿曼德的养牛场降落和起飞，连来自阿根廷的养牛商也赶来下订单。创办养牛场的第 8 年，阿曼德已成为全行业公认的领袖人物，实现了创办之初预定的目标。

"'埃里克王子'不是已经阳痿了吗，您是如何创造奇迹的？"前来采访的记者问。

"在买这头公牛时，我已知道它不能生育，但兽医告诉我，它的精子还活力无比。于是我们用人工授精的方法，让一头又一头的母牛比直接交配更加容易怀上'埃里克王子'的优良品种。我们让'埃里克王子'成了世界上最伟大的公牛！"

一头"没用"的公牛，成了阿曼德的摇钱树，让他赚得盆丰钵满。1954 年 5 月，阿曼德将养牛场转让，并为年老去世的"埃里克王子"修筑了一座坟墓，还立了墓碑。后来，阿曼德收购美国西方石油公司，以他的精明和胆略，最终成为世界石油大王。他的全名就叫阿曼德·哈默。

送你灯，我卖油

秦湖

19 世纪 90 年代末期，当时的中国民众还是使用传统的菜油灯、蜡烛等落后方式来照明。美国著名的美孚石油公司了解到这一情况后，非常看好中国这个大市场，认为市场潜力巨大。但是，怎么样才能让人们改变原来的照明习惯，接受要使用他们公司生产的洋油来作为燃烧的煤油灯呢？

美孚石油公司经过一番精心筹备和策划后，于 1894 年在上海设立了诸多洋油销售网点，同时还推出了这样一项极具诱惑力的促销活动：只要顾客购买一公斤公司生产的洋油，公司将免费赠送其煤油灯一盏。

居然有免费的煤油灯赠送？赶上这样的好事情，很多人自然不愿意错过。于是，许多人都蜂拥前往美孚石油公司的销售网点，争相购买他们的洋油。结果，一年时间下来，美孚石油公司就"赔掉"了多达 87 万盏煤油灯！

从表面上看，美孚石油公司似乎赔大发了，但实际情况却并非如此。

因为人们得到免费赠送的煤油灯，在使用一段时间之后，慢慢地就开始认识到了煤油灯的好处：不仅用起来方便省事，而且可以随意调节火苗的大小，因为有玻璃灯罩的保护，还不用担心火苗会被风吹灭。就这样，人们渐渐淘汰了原来使用的菜油灯、蜡烛，在不知不觉中养成了使用煤油灯的习惯。此后，人们要点煤油灯的话，就不得不去购买美孚石油公司生产的洋油。

得益于众多中国民众开始使用煤油灯，美孚石油公司的洋油迅速打开了中国的市场，而且销售量也是飞速地增长。在不到10年的时间里，美孚石油公司仅在上海的年销量就达到了惊人的九百多万箱！

"送你一盏灯，我来卖油。"美孚石油公司这项经典的经营策略，正如中国《易经》里所说的那样："有舍有得，不舍不得；大舍大得，小舍小得。"懂得取舍是一种大智慧，有舍才能有得，不管在什么领域，这都是一个亘古不变的真理！

智请鞋匠

牧徐徐

1995 年，30 多岁的他决定在老家温州创办自己的鞋业公司，打造一个属于自己的一流皮鞋品牌。

但当时摆在他面前的难题是，温州鞋业已经是强手如林，他们个个如狼似虎地分食着整个鞋业市场，要想从他们口中分得一杯羹比登天还难。更何况，当时的他手头上资金并不雄厚，甚至连开办一个小型制鞋工厂都做不到。但另一方面，他又觉得温州的制鞋业虽然很发达，但产品缺乏文化品位，没形成自己的品牌，而这正是自己的机会所在。

不走常规路，他决定首先在皮鞋的设计上下大功夫，他想起了儿时在溪水边陪伴自己的最好伙伴——红蜻蜓，之后并决定从仿生学的角度出发，模仿红蜻蜓，设计出一款仿生皮鞋来。

经过几个月的埋头苦干后，皮鞋的设计方案终于出来了。但接下来的问题是，如何能请到一个技术娴熟、高超的顶级鞋匠来。因为只有这种行业高手才能够完全领会他的设计意图，并且能分毫不差地制作出他所想要的皮鞋来。

办法只有一个：高薪去挖！

虽然温州起步发展比较早，但在 20 世纪末，温州人的收入也远不如今天。当时，整个温州一个最顶级的鞋匠一年的收入也不过 5 万元而已，那已经算是天价了。

通过多方打听，最终，他找到了一位顶级鞋匠。在得知他的意图后，那位在原公司已经是备受尊重的鞋匠，看了看他，然后问道，你一无制鞋工厂，二无营销团队，三无销售渠道，凭什么请我去？

他的回答是，凭对你的将来负责。他解释说，因为你只有现在到我这儿来干，才不会浪费真才实学，将来也不会后悔！

那位鞋匠笑笑说：请我也行，但薪酬要比我现在高出一倍，也就是一年 10 万。你能付得出吗？他说：能，我再给你加点，12 万。

他高薪聘请鞋匠的这件事犹如晴空打了一个惊雷，迅速传遍整个温州城，所有的人，包括同行、代理商、顾客，都在这个天大的新闻中，知道了他的名字，并开始有意无意地关注起他即将要生产的皮鞋。

通过租用其他人的皮鞋工厂，他的第一批皮鞋终于出厂了。令他没想到的是，皮鞋刚一投放市场，就引来疯狂抢购，人们都想感受一下年薪 12 万的鞋匠做出的皮鞋到底有多好。

这正是他所想要的效果，在他看来，只要你买，你穿，就不怕接下来你不喜欢。果然如他所想，顾客对他的皮鞋好评

189

如潮。

接下来，更让他意想不到的是，一大批其他顶级鞋匠也纷纷慕名而来，投靠到他的公司。创新仿生又富有文化的设计，加之麾下一大批优秀顶级鞋匠的精心制作，他的皮鞋越来越受市场欢迎，销售量一天比一天好。

没错！他叫钱金波，而经他一手设计策划出的皮鞋就是"红蜻蜓"。如今，"红蜻蜓"年产皮鞋1000多万双，销售额近20亿元，一举成为中国知名皮鞋品牌。

默巴克与"硬币之星"

祥虎

1989 年时，默巴克是美国斯坦福大学的一名普通学生。他学习成绩很好，每年都能拿到奖学金。他父母都是小职员，孩子又多，生活特别拮据。为了减轻父母的压力，默巴克利用闲暇时间承包了打扫学生公寓的工作。

第一次打扫学生公寓时，默巴克在墙脚、沙发缝、学生床铺下扫出了许多沾满灰尘的硬币，这些硬币有 1 美分、2 美分和 5 美分的，每间学生公寓里都有。默巴克将这些硬币还给同学们时，谁都没有表现出丝毫的热情："一把硬币装在钱包里，买不来多少东西，这些都是我们故意扔掉的。"

钱还有故意扔掉的？经历这件事情后，默巴克给财政部和央行写信，反映小额硬币被人白白扔掉的事情。财政部很快给默巴克回信说："每年有 310 亿美元的硬币在全国市场上流通，但其中的 105 亿美元正如你所反映的那样，被人随手扔在墙脚和沙发缝中睡大觉。"

105 亿美元！默巴克震惊了。这些硬币常常散落在沙发缝、地毯下、抽屉角落等地方，如果能使这些硬币流通起来，利润将多么可观啊！

1991年，刚从斯坦福大学毕业的默巴克成立了自己的"硬币之星"公司，推出了自动换币机。顾客只要将手中的硬币投进机器，机器会自动点数，然后打出收条，写出硬币的面值总计。顾客凭收条到超市服务台领取现金。自动换币机收取约9％的手续费，所得利润公司与超市按比例分成。

默巴克的"硬币之星"很快声名远播。美国各地的超市纷纷同默巴克的公司联系，要求合作。5年间，"硬币之星"公司在美国8900家主要超市连锁店设立了10800台自动换币机，并成为纳斯达克的上市公司。一文不名的穷小子默巴克一夜暴富，成了令人瞩目的亿万富翁，人们都称他是"一分钱垒起的亿万富翁"！

不要迷恋山腰的风景

朱国勇

2002 年 3 月的一天，一辆加长型林肯房车停在了美国纽约州立高级中学门口。从车上下来一位老人，径直来到校长室。

老人说，他叫帕米拉，是微软公司的常务副总裁。这次来，是想找一个叫马克·扎克伯格的学生。微软公司希望聘请这位学生担任高级工程师，年薪是 95 万美元。

原来，马克·扎克伯格从小就被誉为"电脑神童"，10 岁开始电脑编程。2001 年年末，马克·扎克伯格设计出了一款 MP3 播放机，无论是设计还是音效，都处于全球领先水平。一时间，各大软件公司争相聘请马克·扎克伯格。微软公司经过董事会协商后，慎重地做出了这一决定。

一会儿工夫，马克·扎克伯格来了。瘦瘦的，很普通的一个男生。听到帕米拉的邀请，马克·扎克伯格腼腆地笑了："谢谢您与微软公司的肯定，只是我想我现在最需要的是学习。"

2003 年，马克·扎克伯格进入了哈佛大学，主修心理学。可是，他依然痴迷于电脑技术。2004 年，马克·扎克伯格建立了一个为哈佛学生提供互相联系的平台的网站，命名为"脸谱网"。网站刚一开通就大为轰动，几个星期内，哈佛一半以上的学生都注册为会员，在上面发布他们最私密的个人资料，如姓名、照片、兴趣爱好和手机号码等。学生们可以利用这个平台掌握朋友的最新动态、和朋友聊天、搜寻新朋友。很快，该网就扩展蔓延到全美各大高校。到 2004 年年底，注册会员已经突破 100 万。于是，马克·扎克伯格从哈佛大学退学，开始全职经营网站。到 2006 年，脸谱网风靡美国、加拿大、英国等整个欧美地区，注册人数达到了 5000 多万。

脸谱网的迅速发展，引起了各大网络公司的注意。雅虎公司首先向马克·扎克伯格抛出了橄榄枝，出价 10 亿美元要求收购脸谱网。

这个消息一出，立即引起轰动。10 亿美元！只要马克·扎克伯格点点头，年仅 22 岁的他，就可以跻身全球顶级大富豪的行列。

可是，马克·扎克伯格又一次让世界为之侧目。他微笑着拒绝了："我要做全球最好的社交网站，我要做最顶级的网络公司。"

看来，想要收购脸谱网是不可能了。2007 年，微软公司经过仔细权衡之后，出资 24 亿美元收购了脸谱网络 1.6％的股份。

2010 年，脸谱网注册用户达到 5 亿，同时在线人数超过了 1 亿，公司的市值达到 150 亿美元。他本人也被《时代》周刊评为 2010 年的年度人物。

如果当初马克·扎克伯格满足于年薪 95 万美元的工作，如果当初他 10 亿美元把脸谱网给卖了，那么，马克·扎克伯格还能取得今天这样的成就吗？

经受住诱惑，才能得到成功。往往有许多人，他们之所以不能登顶，并不是因为能力的匮乏，而是因为迷失于山腰旖旎的风景，忘了自己最初的追求。

毕加索的另类智慧

唐宝明

1900年10月，19岁的毕加索来到巴黎，想在这座闻名世界的艺术之都闯出一番天地来。他先找了一个旅店住了下来，第二天早上，吃过早餐，他就带着自己的画作，来到了香格丽舍大街，开始向这里的画店推销自己的画。

他先走进一家看上去规模很大的画店，找到了画店老板，对他说明了来意。老板瞅了他一眼，问他叫什么名字，他回答说叫毕加索，老板听后摇了摇头说："对不起，我们这里不要。"毕加索碰了一鼻子灰，又走进了第二家画店，第二家画店的老板也是只问了一下他的姓名就拒绝了他。

毕加索不明白，为什么画店的老板连画都不看就拒绝了呢？带着疑问他来到了第三家画店门口，这回他改变了方式，他悄悄地走到老板的办公桌前，把自己的一幅画展开，向老板说明了来意，老板闻声抬头，恰好看到了那幅画，他的眼睛里掠过一丝光芒，显然画作引起了他的兴趣，但当他看到下面的落款时，眼睛里的光芒就暗淡下去了，他摇了摇头，表示不能要毕加索的画。

毕加索没有立即走，他问老板："你能不能告诉我为什么不要我的画？是我画得不好吗？"老板说："你画得还是不错的，但你没有名气，所以你的画卖不动。"老板的一句话让毕加索恍然大悟。他又走了几家画店，和前面的情形一样，无论是大小画店都不肯要他的画。原来，那时的巴黎，人们都热衷于收藏名家的画，对于像他这样初出茅庐没有名气的画家，人们根本不买账。

口袋里的钱越来越少了，他陷入了沉思，如果这样下去，不用说发展，就连生存都很困难了，所以必须想个办法。他冥思苦想了一个下午，终于有了主意。

当天晚上，他就到巴黎高等师范学院找到了几名学生，把仅有的十几枚银币付给他们，雇他们每天都到巴黎的画店去转悠。第二天下课后，这些大学生就分成了几个组，在不同的区域开展工作，进到一个画店里，就询问有没有毕加索的画。

没过几天，毕加索的名字在画店就传开了，画店老板之间也互相打听，可谁也不知道毕加索是何方神圣。后来不但画店工作人员，就连那些收藏画的买家也纷纷打听这个叫毕加索的人，到处找他的画，想要一睹为快。画店老板因此急得不得了，可这个毕加索一点影子都没有。

这样过了整整一个月，毕加索在整个巴黎画坛已经赫赫有名了，看到时机成熟了，隐身旅馆里的毕加索笑了，他把自己的画作整理好，在一天上午，带着它们来到了香格丽舍大街最大的一家画店，直接找到老板，表达了要推销自己画作的愿望。老板瞅了瞅他那张年轻的脸，不信任地对他说，我们这里只卖名家的画。毕加索听后笑了笑，问他那现在最好卖的是哪位名家的画呢？老板说当然是毕加索的画，现在整个巴黎都在找他的画呢。毕加索说你还是先看看我的画吧。说着，他就取出一幅画来，展开让老板看。

老板看了一下，点了点头，当他看到下边的落款时，眼睛一下子瞪得老大："毕加索！你就是毕加索！"毕加索微笑着点了点头。老板一下子抓住了他的手，立即表示所有的画他都要了。消息很快传出，整条街都轰动了，很多画店的员工都跑过来看毕加索，很多买家也赶过来买毕加索的作品，整个画店人满为患。

只一会儿工夫，他带来的那些画就被高价抢购一空。新闻媒体迅速跟进，对毕加索进行采访报道，一夜之间，毕加索红遍巴黎，完成了从无名青年到著名画家的华丽转身。

毕加索不仅仅是绘画大师，也是超级炒作大师，他用智慧使自己放射出耀眼的光芒，成为了万众瞩目的焦点。

30 大于 1000 万

石兵

1995 年一个秋天的下午，身为电视台制片人的他正在街头突然发现，一个老头正在将一张牛皮切割成腰带兜售。从小就热爱美术并造诣颇深的他眼前一亮，那张牛皮质地很好，是手工鞣制的，纹理自然、原始、粗犷，但老头做的腰带却太粗糙了。心动之下，他用 30 元钱买下了这块牛皮。

随后，他找到一位鞋匠，亲自设计制作了一个采访包，虽然做工简单，但配上粗犷的纹理，采访包呈现出了一种原始而独特的美，受到同事的一致赞叹。

他又找老头买来牛皮，开始亲自动手制作各种皮包。渐渐地，他对皮具制作达到了痴迷的状态，经常一做就是一晚上。那时，他的工资只有 800 元，每个月却要拿出一半买牛皮，妻子再也不能忍受，他被赶到了地下室。但他却仍然乐此不疲。

一个开装饰公司的朋友看到他的作品后非常吃惊，想把这些包卖出去，两人决定开店。

他和朋友用一辆破三轮车拉着货，在村里捡了一个大石磨和一些木头、茅草作为装饰、装修材料，并租下了一个店面。他为小店起了一个土味十足的名字"食草堂"。

他经过分析后认为，应该给产品重新定位，当实用商品已不能满足人们的需求，而纯艺术市场还没到来之时，只要能把艺术和实用结合起来，就会有市场。在这种理念下，"食草堂"开始重建，在店面设计、室内装修、商品陈列、色彩灯光以及皮具的制作工艺上都有了较大改进。

他辞去工作，全心投入到"食草堂"中，由于设计独特而实用，小店的生意一路向好，到了月底结算时，竟然卖了5万多块钱。3个月后，利润已经翻了倍。但这时，房东却突然要他退房。

他四处寻找，发现了一个80多平方米的大店。一年25万，一个季度交一次费。他咬咬牙，先交了一个季度租金，这时他已完全没了退路。如果3个月赚不到钱，就只能关门大吉了。开业那天他特别紧张，一直站在旁边抽着烟看着来往的顾客，直到晚上店里歇业了他才问营业员卖了多少，当得知一天的营业额已达7000元时，他心里的石头终于落了地。富有个性、别具风味的质朴真皮包，受到众多追求个性青年的追捧。3个月后，他不但赚回了房租，还赚了个盆满钵满。

此后的10多年间，"食草堂"走入了经营快车道。进入2011年，他已经拥有了一家国内规模最大的手工皮艺设计、研发、生产基地，6家直营店、140家加盟店遍布全国，连我国台湾和日本、韩国、澳大利亚也有了加盟店，年利润也已超过 1000 万。

他就是"食草堂"老板牛合印。他坦言，如果没有当初 30 元钱的付出，自己是不会取得这样辉煌成绩的，从某种意义上来说，30 元的价值要远远超过现在的 1000 万。

洗车工的创意

方益松

在日本大阪，有一个著名的神社叫作天满宫，这里是日本每年进行举天神祭（日本三大祭之一）的地方。在这方圆不远还有奈良时代的古皇宫难波宫遗址、供奉古代军神、歌神、海上守护神的住吉大社等著名建筑，这使得天满宫的附近成了全日本最大的车辆聚集地。在天满宫附近的每一条街道，都汇聚了大量的洗车公司。然而，由于同行间激烈的竞争，几乎所有的洗车公司都在惨淡经营。

山田所在的洗车公司也不例外，一个周末，老板在周会上已打了招呼，下个星期公司将裁员百分之三十。

回到家里，山田垂头丧气，正在为工作的事情犯愁，忽然听到楼下人声鼎沸。山田从六楼的窗户探头一看，只见一个小伙子在下面用双手手罩了嘴喊话，在他身旁，一辆丰田车的车顶上用鲜花打出了一个醒目的标语：小纯，我爱你！

这件事在很多人看来，充其量不过是忙碌生活中的一个修饰点缀与平添的笑料，一笑而过。但山田不这么看，在物业管理赶走了那辆丰田车的同时，山田也开始了自己的创意。

第二天一早，山田拿着一沓厚厚的材料敲开了老板办公室的大门，在他的建议下，他所在的洗车公司开始了大刀阔斧的变革。公司所有员工都停下了手头洗车的活计，开始四处散发传单。并且，公司在大阪各主要街道及高速公路旁打出了终身免费洗车的巨幅广告，而私下里，山田在和日本几家知名广告公司的业务洽谈也正在紧锣密鼓地进行。

3个月后的某一天，在大阪一家最大的停车场，从大阪各地赶过来的司机和看客人山人海，大家都在翘首以盼，在天底下，如何才能有这种天上掉馅儿饼的好事。在千呼万唤中，在大阪电视台以及多家媒体的共同见证下，山田揭开了谜底：那就是，所有会员和公司签约后，凭着会员卡，即可在该公司所有门店享受终身免费洗车的优惠。而唯一的要求就是在车顶上设置该公司的广告。人们纷纷奔走相告，在不到一个月的时间，几乎大阪所有的汽车顶上都喷绘了由该公司统一代理的车顶广告。该公司还郑重承诺，协议期满后，如不同意续签，公司还将免费提供整车做漆，恢复原状。这样，也彻底免除了司机的后顾之忧。一时间，山田所在的洗车公司车满为患，一度出现道路拥阻和堵塞现象，在当地交警部门的不断协调下，该公司不得不在民众的抗议声中一步步地扩大经营和发展连锁。

这一创举几乎令所有的竞争对手始料不及。等他们回过神来也早已为时太晚，大阪这个城市百分之九十的车主都与山田所在的公司签订了协议。而且即使他们开出更高的价格，那笔昂贵的违约赔偿金也令所有签约的车主望而却步。正是由于这种近乎垄断式的抢占了商机和先机，使得该公司迅速发展壮大起来，在不到半年的时间，就收购了大阪几乎全部的洗车公司。并迅速向汽车美容行业过度。

这家洗车公司就是全日本最大的汽车天下洗车美容公司。从接手车顶广告到转型汽车美容，仅仅只用了 6 年的时间，汽车天下就从一个只有十几个伙计的小作坊模式，发展成为如今已在全日本拥有 2000 多家门店近 4.4 万名员工、年产值过 50 亿日元的连锁企业，几乎占有日本洗车市场和汽车美容市场 90％的有效份额，公司于 2010 年年底成功上市，而当初那个差点面临裁员之痛的山田也早已成为这家公司的总裁。

成功的定义，有时候就是这么简单，换一个角度，成功或许就在被你经常忽略的汽车顶上。

李彦宏的奥卡姆剃刀

方尧尧

一位 70 多岁的美国老太太在百度 70 多美元一股的时候用自己的退休金买了几千股百度的股票，到现在每股涨到三四百美元还不愿意抛。她成了百度上市后所制造的第一批百万富翁。

这位老太太很少上网，对搜索引擎也不了解，但她为什么这么看好百度，将自己的退休金全用来买百度股票？有人问她，她笑眯眯地解释道：一次她在报纸上看到了一篇关于来自中国的百度和创始人李彦宏的报道，说李彦宏从大学开始就学信息管理专业，毕业后一直从事跟搜索相关的工作直至创业，到现在已经 20 多年。"这样的人不可能不成功，钱投到这样的公司没有风险。"老太太说。

2005 年 8 月，百度以中国最大中文搜索引擎的身份在美国纳斯达克成功上市。李彦宏回到北京，公司召开了盛大的庆功宴。宴会上，又有人老话重提，问李彦宏："百度上市了，我们有钱了，现在应该能做更多的事情了吧？"李彦宏笑了笑，说："有一块钱的时候，我会投进搜索里；有 100 万，我会投进搜索里；有了 1 个亿，我还是会全部投进搜索里去。"

2002 年春天，一位投资人兴冲冲地闯进 robin 的办公室，兴奋地说："我投钱给你们做无线增值业务吧，我们一定能大赚一笔。"

那时，无线增值业务非常火爆，在国内的大型互联网公司里，只有百度还没有涉足。但李彦宏冷静地拒绝了，他说："搜索要做的事情还很多，我们应该专注于互联网搜索领域，我看好它未来的增长。"

事情传开后，很多人觉得李彦宏傻，不懂捞快钱。

然而几年后，当中国互联网用户迅猛地超过 3 亿时，百度已经成为行业的领军企业，业务蒸蒸日上。而许多当年做无线的"大佬"却无声无息了。

现在回头看去，那位投资人不禁感慨："如果当时百度跟风去做无线增值业务，肯定不会有今天的成就。"

2007 年，中国一家门户网站自主研发的在线游戏收入达到上千万美元，在纳斯达克一石激起千层浪，这个行业更热了。有人拿着一组数据翔实的调研报告来找李彦宏："从百度社区的用户来看，其中很多人都是网络游戏的玩家。他们每天花在网络游戏上的时间比搜索和社区都长，既然用户有这方面的需求，我们是不是可以着手尝试涉足网游，让他们在百度平台上得到满足？"

李彦宏仔细地看完数据，平静地反问："数据确实证明了需求。但是我们做网游的优势又在哪里？"

"我们有这些用户啊。其他这些网站也都谈不上什么优势。只要有用户、有需求，就可以运营起来了。"

李彦宏缓慢地摇了摇头，坦白地说："刚回国的时候我就已经看到了中国网民对网络游戏的热情高于其他任何国家的特殊形势。但我自己从来不玩网游，很长时间都搞不懂网游，我想，对于这种自己都不喜欢，更不擅长的事，即使商业机会摆在那儿，我也肯定做不过真正喜欢它的人。所以我选择了搜索。今天你让我选，我还是会这样选。"

只是作为推广方式的一步，百度创办了游戏频道，业界很多人分析百度要进入网游领域分羹了，分析师们也总是不停地探问，百度什么时候开始进入网游行业？而李彦宏从不为之所动，他的回答是明确的："暂时没有这个打算。"

英国奥卡姆的威廉提出了"思维经济原则"，概括起来就是"如无必要，勿增实体"。李彦宏深谙此原理，在掌舵百度时始终以这个法则为指导，删繁就简，直指核心——这项业务的开展是否与搜索有关。李彦宏用此原理，终于将百度打造成了一流企业。

困境是一堵墙

锄禾

众所周知，汤姆和杰瑞是世界著名的卡通形象，这对天生的冤家生来就注定要给世界带来欢笑。可是当年约瑟夫·巴拉伯和威廉·汉纳一起创作它们时，却一波三折，几乎夭折。

1939 年，约瑟夫和威廉为米高梅电影公司执导动画片《猫咪搞到了靴子》，这是《猫和老鼠》系列的第一部电影。生动的故事情节与滑稽幽默的动画形象使得《猫和老鼠》于 1940 年一经面世便大为轰动，受到无数观众的欢迎。

然而，就在这对宝贝如日中天的时候，1957 年，米高梅公司在没有给予任何提前通知的情况下，解散了动画部。约瑟夫和威廉双双失业，多年的努力付诸东流，他们带着未完成的草稿与遗憾离开了米高梅公司。那也许是动画史上最黑暗的一段时间，几乎没有任何公司愿意收留他们，他们就如同片中的汤姆一样，被主人赶出家门，流浪在街头。

在万分危急的时候，他们做出了一个影响至今的决定：为当时的新兴产业——电视制作动画。他们每日奔走于各家电视台之间，但是连连碰壁。就在他们几乎绝望的时候，终于有一家电视台肯收留他们，不过电视台老板答应付给他们每集的预算成本只有 2700 美元——而此前在米高梅公司，每部电影的预算是 4 万美元，这简直是天方夜谭！但是，约瑟夫和威廉就好像抓住了一根救命稻草一般，死死地将其攥在手里。经济上的窘困，让他们不得不考虑如何减少开支并且提高动画的滑稽程度。在这种情况下，他们决定冒险：使用有限动画。这样，通常要画上 2.5 万～4 万张图片的一集动画，就被压缩到了 1200～1800 张。这种有限活动的动画片，可大量减少动画的绘制量，提升动画的滑稽效果，产生一种出人意料的效果。有限动画一经推出，立即大受欢迎，迅速红遍了全世界。

如果当初米高梅公司不关闭动画部，约瑟夫和威廉也许就不会被迫去找电视台；如果电视台的预算很充裕，有限动画也不会问世！困境就像一堵墙，失败者看到的永远是墙，而成功者则看到了其背后的成功。

"每类商品不超过 3 种"的经营智慧

陈之杂

20 世纪 60 年代，一个刚从美国霍普金斯大学毕业的小伙子来到曼哈顿市区一家开张不久的超市上班。这家超市很小，只有他和老板两个人。

超市坐落在一条还算繁华的街道上。为了揽到更多的顾客，老板尽可能地增加了商品的品牌和种类。然而，超市的生意始终不见好转，甚至经常出现顾客在东挑西选好一阵之后空手离开的现象。

小伙子心想，超市生意不好一定是有什么环节出了问题，他誓要帮老板找出症结所在。几天后，一个中年男子来到店里，径直走到调味品柜。然而，他对着一大堆番茄沙司和花生酱愣了好一阵子，竟然又是什么也没买，空手走出了超市。

老板像是发现了什么似的对小伙子说："看来我们还需要准备更多品类，这样才能让顾客买到他们满意的！"说完，他拿出进货单，在每一样商品后面都加了十多个品类，然后把单子交给小伙子，让他去进货。

小伙子接过单子后，突然对老板说："反正没什么事，我去书店租几本书来给你看好吗？"老板同意了。几分钟后，小伙子抱着整整 50 本书回到了店里。

老板被小伙子这个举动吓了一跳。他拿起这本看看，又拿起那本翻翻，困惑地说："这么多书，我该看哪一本好呢？"

小伙子听老板这样问，很快把书放进箱子里，只在桌子上留下两本，问："这样呢？""那我就看这本吧！"老板拿起其中的一本说。

这时，小伙子不失时机地说道："50 本书放在你面前，你无法选择该看哪一本，而只在你面前放两本，你就很轻易地做出了选择。所以，我们完全没有必要继续增加品类！"

"这……"老板感到很困惑，"那我们该怎么办？"

"撤掉大部分可有可无的商品！以花生酱为例，现在货架上有 40 种，撤下 37 种，留下 3 种最畅销的就行了。很多时候，可供选择的东西太多，反而会阻碍别人的选择。"小伙子接着说，"如果我猜得没错，刚才离开的那位顾客并不是买不到想要的商品，而是定不下来该买哪一种。"

正说着，那位男顾客又回到了店里。这一次，他直接冲向了调味品柜，拿起两瓶番茄沙司付了钱就走了，看样子是回家征求过意见了。眼前的一切证实了小伙子的猜测，老板终于明白了，"多"并不能解决问题。他下定了决心，对小伙子说："一起动手，撤下货柜上的多余商品！"

小伙子和老板一起，把每一种品牌的商品都撤得只剩下 3

个品类。在之后的两个月，他们的营业额竟然是之前半年的营业总额！老板兴奋地说："真没想到，只有 3 种商品，营业额竟然比有 40 多种时多得多！"

几年后，老板因为身体不适，再无精力经营，便把超市交给了小伙子管理。小伙子接手后，每月坚持派人调查市场，不断淘汰和引进更受欢迎的商品，但绝不让同一品牌商品超过 3 个品类。也正因如此，供货商们都非常重视与他的合作，纷纷以更低的价格给他供货。

慢慢地，超市的生意好起来，并开始不断向外扩张。到目前，这家超市已经在全美国开设了 300 家分店。这家超市就是美国庞大的商业机构之一乔氏连锁超市；当初那位小伙子，就是前不久刚从超市 CEO 位置上退休的乔·库尔姆。直到今天，"每类商品不超过 3 种"依旧是乔氏超市的一大经营特色。

汉斯·里格尔的糖果帝国

约亨·西门子

在美丽的莱茵河畔，有一个闻名遐迩的"哈里波帝国"，"国王"名叫汉斯·里格尔。这里每天诞生 1 亿只"小熊"，它们被运往世界各地，深受世人喜爱。"小熊"并不是真正的动物，而是一种做成小熊模样的软糖。2013 年年底，糖果帝王汉斯·里格尔在 90 岁高龄时逝世，"小熊"们失去了它们的"父亲"，躲在漂亮的包装袋里无声地哭泣。

"德国最好的发明"

在孩子们眼中，再简单的问题也会变得很深奥。比如哈里波甘草卷到底怎样吃才更美味，是应该就这么卷着吃，还是应该散开来吃呢？哈里波缤纷混合口味软糖就像一个游乐园，孩子们兴高采烈地在里面探索惊喜："为什么椰子味的甘草卷这么少呢？""谁动了我的哈里波？"不过，最让人感到好奇的还是哈里波小熊软糖，清爽顺滑的触感，小熊鼻子上可爱的白色印记，以及肆意揉捏之后马上反弹、恢复原状的特性（这种酣畅淋漓的快乐真是无与伦比！），这一切都让孩子们对小熊糖爱不释手。不过，在享受美味的同时，他们的眼睛又在骨碌骨碌转了：只有公熊，没有母熊吗？对他们来说，这个问题简直就是宇宙之谜。

德国著名儿童文学家埃里希·凯斯特纳曾在他的小说中写道："没有德国人不曾吃过哈里波软糖。"凯斯特纳——这位孩子心目中的英雄、"妇女杀手"和大烟枪，会在写作的时候狼吞虎咽地嚼着哈里波小熊糖，这场景想想就让人忍俊不禁。

不过，这也不是什么新鲜事。物理学家爱因斯坦总是嚼着它，联邦德国第一任总理康拉德·阿登纳的口袋里总是装着它，当德国前外交部长根舍与苏联最高领导人戈尔巴乔夫针对德国统一问题进行谈判时，同样也将小熊糖含在嘴里，寓意是控制苏联（苏联、俄国曾经被西方世界称作"熊"）。甚至有人传说，德国最后一任皇帝威廉二世在流放荷兰的时候也离不开小熊糖。

小熊糖不仅在过去广受欢迎，今日的魅力也未曾减退半分。好莱坞女明星瑞茜·威瑟斯彭就对它赞不绝口，称它是"德国最好的发明"。现代涂鸦艺术大师凯斯·哈林也说，小熊糖是其创作时必不可少的工具，总能激发他的灵感。

"金熊爸爸" 汉斯·里格尔

实际上，"金熊爸爸"的真名叫约翰劳斯·里格尔，但他后来跟随父亲老汉斯，自己改名为汉斯。老汉斯就是小熊软糖的创造者。1922年，老汉斯在自己位于波恩的实验室中用食用胶、糖和其他添加剂铸造了一些小熊软糖。这些小熊有着下垂的嘴角，酷似德国寓言故事中经典形象——悲伤的跳舞熊（在赶年集时可以在德国大街上看到跳舞熊玩偶）。就这样，老汉斯把他的糖果称作跳舞熊，把他的工厂叫作哈里波，名字是由"汉斯·里格尔－波恩人"（Hans Riegel—in Bonn）每个词的头两个字母构成。最初的送货员是老汉斯的夫人，送货工具是一部自行车。老汉斯有两个儿子，约翰劳斯和保罗，保罗比约翰劳斯小三岁半。老汉斯在战争中不幸逝世。兄弟二人都在"二战"中身陷囹圄，从此再也没有见过父亲。

1946年，约翰劳斯和保罗终于出狱，准备让哈里波重整旗鼓。改名为汉斯的约翰劳斯·里格尔将"跳舞熊"改名为"金熊"，并且在原来的广告语"哈里波让孩子们快乐"后面加上了"对大人来说也一样"。

那时正值"二战"之后的黑暗年代，整个德国都处于废墟之中，经济的萧条和对战争的负罪感笼罩着德国。因此，人们用糖果来寄托对幸福时光的渴望，甜葡萄酒、奶油蛋糕、塞洛缇巧克力（Sarotti）是当时最受欢迎的商品。小熊软糖也炙手可热，人们能在随处可见的小售货亭中买到它，三角形的纸包装袋里满载着甜蜜的幸福。

里格尔兄弟不时想出一些新花样，使他们的糖果事业蒸蒸日上。高谈阔论的汉斯思考糖果的形象和形状；寡言少语的保罗决定实施批量生产，发明了让甘草卷成圈状的缠绕器，还制造了一台小熊铸造机器。直到现在，哈里波的技术还是秘而不宣。

今天，哈里波在欧洲 15 个国家拥有工厂，员工人数超过6000，一天生产 1 亿个小熊糖，在全世界约 105 个国家出售，如果把所有的小熊都排在一起，其年产量可绕地球 4 圈。哈里波旗下约有 20 款产品，年营业额预计达到 20 亿欧元。

哈里波糖果帝国的生意遍布全世界，汉斯·里格尔自己的世界却一览无余。他的活动范围局限在波恩小镇凯赛尼西，最多会乘坐自己的直升飞机去奥地利打猎。在凯赛尼西，无论是过去还是现在，哈里波一直都是最大的雇主，在这里生活的都是哈里波人。一位当地房产中介表示，很多人都想来这里定居，因为他们喜欢空气中糖果和甘草的味道。这里还有一条汉斯·里格尔大街，哈里波公司总部就位于汉斯·里格尔大街 1号。这里的随便一个人，都和哈里波有着千丝万缕的联系。比如这位叉车工的父亲就曾在哈里波工作过。"多亏了汉斯·里格尔，我的家庭才能幸福地生活。"这里的人都爱他，即使很多人知道，汉斯·里格尔本人可能是一个专制暴君。他可以长时间不和亲弟弟说一句话，甚至不去参加他的追悼会，只在棺材旁边看一眼。如果职员顶撞他，他会立即愤怒地将之开除。他喜欢掌控他人，嘲笑自杀者，在紧闭的门后开一些玩世不恭的玩笑，然后自己笑得最大声。

带耳朵的屁股

汉斯·里格尔经常会在周末观看米老鼠等动画片，从而迸发一些奇思妙想。一个周末，他突然想制造一种形状怪异的糖果：那是一个有着一对耳朵的屁股，耳朵用红色或橘色的泡沫糖来装饰。周一设计师就将产品铸造成型，并开发出一种口味。周二一早，样品就已出现在汉斯·里格尔的办公桌上。

在别的企业进行口味测试或市场调研的时候，汉斯·里格尔会拿着他的样品来到幼儿园，让孩子们来尝试。如果他们的反应是"嗯"，这个产品就成功了。如果他们瘪嘴，汉斯·里格尔就会把它扔进垃圾桶。当时，"带耳朵的屁股"就赢得了孩子们的欢心，这个诙谐的名称也就这样保留了下来。

虽然汉斯·里格尔的做法非常老派，但这也恰恰是哈里波成功的关键：决心和固执。20世纪80年代，可口可乐也曾面临过一次生存危机，当时的管理层认为，这款经典汽水必须改变配方，而这几乎把可口可乐的魔力毁于一旦。

是的，汉斯·里格尔非常固执。约2厘米高的小熊，糖占46％，这配方几乎从未更新过。只有软糖，没有硬糖；只用果汁，不添加任何色素，哪怕小金熊会缺乏光泽；没有蓝熊，因为人们不喜欢蓝色。德国最著名的电视主持人托马斯·戈特沙尔克从 1991 年起就一直担任哈里波的广告代言人，以至于孩子们都以为"金熊爸爸"就是戈特沙尔克呢。

第四辑：梦想永远是宝贵的

一把美发剪创造一部传奇

迩半坡

1928 年 1 月 17 日，他出生在英国伦敦东郊一个贫穷的犹太人家庭。怎奈命运弄人，母亲生下弟弟后不久，就遭到父亲无情地遗弃。一个苦难之家从此分崩离析。

5 岁时，无力扶养他和弟弟的母亲，把他们送去孤儿院。他在孤儿院里，黯淡、混乱而卑微地度过了整整十年。十年后，母亲改嫁，才把兄弟俩接回到自己身边。继父把他和弟弟视为亲生，关怀备至。

15 岁那一年，有一天夜里，身心交瘁的母亲做了一个梦，梦见自己的大儿子已经长大成人，手里拿着一把剪刀，正在忙碌着为别人剪头发。母亲醒来后，以梦教子，把他送到一个叫阿尔道夫·科恩的理发师那里当学徒，期望他学会一门手艺，也希望他将来能够自力更生，养活自己。

每天，他和其他学徒一样，从最基本的粗活累活做起，很快他就得到了师傅的赏识，因为在师傅眼里，他不怕吃苦，又异常勤奋，这才是他最优秀的品质。所以，师傅把调制染发剂等粗活都交给他来做，因此，他每天都和漂白粉、双氧水等之类的化学品打交道。

在学徒之余，他还经常利用晚上的时间跑到附近的美发学校去听课，更深入地了解和学习美发知识，并从中发现美发原来是个很有意思的事业，更让他懂得了如何利用别人做过的发型和技巧，激发并创造属于自己的新灵感和新作品。

7年后，他经受了在第二次世界大战中失去亲人和战争的洗礼，22岁的他终于走出痛苦和磨难，全身心地投入到自己的美发工作之中，安下心来学习发廊手艺。2年后，他得到深爱他的继父的资助，用1400英镑作本钱，在伦敦的一条小街上，第一家自己的小型发廊开张了。

此后数年，他不仅养活了自己，而且发廊的生意越做越大。他通过观摩、学习和探索，不断从别人的剪发发型中找到灵感，突破性地创造出自己的新发型作品，凭独创的"造型剪"技巧而名噪一时，也成功地掀起新的发型潮流和美发时尚。

35岁时，他用灵巧的双手、精湛的造诣，营造出被称为世界美发史上革命性的发型——"BOB"头发型，并成为里程碑式的潮流领袖而轰动欧美。39岁，他的发艺事业也从最初的小发廊达到了巅峰。40岁时，忙碌之余，他开始思考自己的奋斗史，写出了第一本著作《很抱歉，夫人，我让您久等了》。47岁，他的第二本新书《健康美丽的一年》问世，成为当年的三大畅销书之一。

52 岁，他宣布退休，定居美国，并做出重大决定，卖掉发廊，放弃自己的发廊事业，将自己名字命名的商标卖给了美国宝洁公司，开始寻求新的事业机会和发展目标。不久，由他创建的国际美发学院成立，用以培训来自世界各地的初学者和发型师。他还成立了自己的"基金会"，为社会底层的人们提供捐助和教育机会。迄今 30 多年过去了，他的新事业再次成为跨国企业，以他的名字命名的美发系列产品更是畅销全世界。

他就是国际发型界的时尚巨匠维达·沙宣。他是世界公认的发艺顶级大师，是带动着世界美发业每一次变革的传奇人物。他的名字早已成为流行欧美的时尚热词，其品牌广告在全球范围热播，风靡度经久不落。

因此，成功并不在于做什么，也不在于起点的高低，而在于把事情做精，把职业做大，更在于善用独特眼光和完美创意，满怀憧憬，忠实梦想，即使是一门小手艺也能成就大作为、大作品和大事业，从而实现我们的财富价值，创造传奇人生。

少年乔丹的发现

朱国勇

他是黑人，出生于纽约贫民区，有两个哥哥、一个姐姐、一个妹妹，父亲微薄的工资根本无法维持家用。他从小就在贫穷与歧视中度过。对于未来，他看不到什么希望。

13 岁那一年，有一天，父亲递给他一件旧衣服："这件衣服能值多少钱？""大概一美元。"他回答。"你能将它卖到两美元吗？"父亲用探询的目光看着他。"傻子才会买！"他赌着气说。

父亲的目光真诚又透着渴求："你为什么不试一试呢？你知道的，家里日子并不好过，要是你卖掉了，也算帮了我和你的妈妈。"

他这才点了点头："我可以试一试，但是不一定能卖掉。"

他很小心地把衣服洗干净，没有熨斗，他就用刷子把衣服刷平，铺在一块平板上阴干。第二天，他带着这件衣服来到一个人流密集的地铁站经过六个多小时的叫卖，他终于卖出了这件衣服。

他紧紧攥着两美元，一路奔回了家。此后，每天他都热衷于从垃圾堆里淘出旧衣服，打理好后去闹市里卖。

如此过了十多天，父亲突然又递给他一件旧衣服："你想想，这件衣服怎样才能卖到 20 美元？"

怎么可能？这么一件旧衣服怎么可能卖到 20 美元，它至多只值两美元。

"你为什么不试一试呢？"父亲启发他，"好好想想，总会有办法的。"

终于，他想到了一个好办法。他请自己学画画的表哥在衣服上画了一只可爱的唐老鸭与一只顽皮的米老鼠。他选择在一个贵族子弟学校的门口叫卖。一个十来岁的孩子十分喜爱衣服上的图案，买下了这件衣服，又给了他 5 美元的小费。25 美元，这无疑是一笔巨款！相当于他父亲一个月的工资。

回到家后，父亲又递给他一件旧衣服："你能把它卖到 200 美元吗？"父亲目光深邃，像一口老井幽幽地闪着光。

这一回，他没有犹豫，他沉静地接过了衣服，开始了思索。

两个月后，机会终于来了。当红电影《霹雳娇娃》的女主演拉佛西来到了纽约宣传。记者招待会结束后，他猛地推开身边的保安，扑到了拉佛西身边，举着旧衣服请她签名。拉佛西先是一愣，但是马上就笑了。

拉佛西流畅地签完名。他笑了，黝黑的面庞，洁白的牙齿："拉佛西女士，我能把这件衣服卖掉吗？""当然，这是你的衣服，怎么处理完全是你的自由！"

他"哈"的一声欢呼起来："拉佛西小姐亲笔签名的运动衫，售价200美元！"一名石油商人以1200美元的高价收购了这件运动衫。

回到家里，他和父亲，还有一大家人陷入了狂欢。

一轮明月升上山头，月光透过窗户柔柔地洒了一地。这个晚上，父亲与他抵足而眠。

父亲问："孩子，从卖这三件衣服中，你明白了什么吗？"

"我明白了，您是在启发我，"他感动地说，"只要开动脑筋，办法总是会有的。"

父亲点了点头，又摇了摇头："你说得不错，但这不是我的初衷。"

"我只是想告诉你，一件只值一美元的旧衣服，都有办法高贵起来。何况我们这些活生生的人呢？我们有什么理由对生活丧失信心呢？我们只不过黑一点儿穷一点儿，可这又有什么关系？"

就在这一刹那，他的心中，有一轮灿烂的太阳升了起来，照亮了他的全身和眼前的世界。

"连一件旧衣服都有办法高贵，我还有什么理由妄自菲薄呢！"从此，他开始刻苦锻炼，时刻对未来充满着希望！20年后，他的名字传遍了世界的每一个角落。他的名字叫——迈克尔·乔丹！

如果上帝送给你一只柠檬果

刘天毅

高中时，他不满老师管教并多次和老师发生冲突。他曾不学无术而被称为混世魔王。性格叛逆的他高中没有毕业就选择辍学。

19 岁那年，他进入父亲的工厂担任总经理一职。但因读书甚少且缺乏管理经验，始终没法看懂损益表。那天，他刚到财务室门口就听到有人小声议论说，全靠他父亲，连损益表都看不懂还当总经理。他脸上火辣辣的，本想发作但转念一想，也对，谁叫自己没真才实学呢？转身离开时，他暗下决心，总有一天得让他们心服口服。接下来，他一边学习业务管理，一边着手食品厂的战略转型。他决定加工生产"浪味鱿鱼丝"转做内销。

然而，天不遂人愿。转做内销仅 1 年，他竟赔了 1 亿台币，落下"败家子"的恶名。不久，他患上了抑郁症，总觉得人们在背后指指点点。他常爬上高高的楼顶，幻想着纵身跃下。每当这时，父亲总会忧心忡忡地对他说："儿子，留得青山在，不怕没柴烧啊！人生路上，哪有不遇到挫折的呢？"看着父亲头上的缕缕白发，苦不堪言的他终又走下楼来。在父母的耐心劝导下，他慢慢走出轻生的阴影。

经过 3 年的市场调研，他发现台湾稻米资源严重过剩，做日本米果生意将有很大的发展空间。于是，他满怀信心地去了日本的米果加工厂，恳切地提出合作的愿望。打量着眼前这个毛头小伙，64 岁的桢计作社长连连摆手说："谢谢您的信任，我们现在不想跟别人合作。"他深知，这是老社长的委婉拒绝，因对方怕自己坏了他们的名声。1991 年冬天的一个中午，他提着水果再次出现在老社长办公室门前。恰在这时，一名工作人员从桢计作社长那儿出来。工作人员告诉他说，老社长刚刚午睡，估计一时半会儿不会醒。有事的话可以帮他转告。他道过谢，便在门外的凳子上坐了下来。白雪在院落飞飞扬扬，让人不由打了个冷战。瑟缩发抖中挨到下午，桢计作社长的门开了。了解到他为拜访自己而在门外等候 3 个小时，桢计作脸露愧色说："小伙子，看来你很执着！合作后，我只希望你认真对待自己的事业……"回过神来，他高兴地说："老师傅，谢谢您的信任。只要您能给我一个机会，我一定不会辜负您。"他谦虚谨慎而又信心十足。这次，他终于获得米果制造的技术。创业道路上，他不断努力，兢兢业业，公司迅速成为台湾米果市场的龙头老大。不久，他又把米果市场瞄准大陆。

他觉得大陆市场具有很大的发展潜力。经过多方努力，他进驻大陆并成为湖南首家台企。一天，他参加了郑州糖酒会并幸运地收到 300 多份订单，他感到前途一片大好。可让他没想到的是，手握这么多订单却没有一个经销商前来交钱提货。他深感迷茫。而更糟糕的是，按照订单生产出来的米果眼看就要过保质期。

为了避免浪费，他把米果食品免费分发给急匆匆回家吃饭的学生。他一边分发还一边配上自创的广告词"旺旺，你旺我旺大家旺"。他声情并茂的吆喝声立即引来了无数学生，没多久，他所带的食品就被分发一空。人们了解情况后都说，这真是一个疯子。然而，他并没有就此收手，而是将这种免费赠送活动扩展到南京、长沙、广州等地。结果，孩子都非常开心，记住并爱上了旺旺米果。

看到孩子们吃得有滋有味，他脸上露出前所未有的笑容。经过策划，他在食品包装上贴上可爱的旺仔贴画，打出生动形象的"你旺我旺大家旺"的经典广告词。最终，投产当年他就得到了 2.5 亿元人民币的高额回报。

他叫蔡衍明，现任旺旺集团的董事长。如今，"旺旺"成了中国家喻户晓的食品品牌，也成了许多人童年的美好回忆。而它的主人蔡衍明，历经磨难后一跃成为休闲食品大王，并凭借 500 亿元的财富成为"2012 年胡润中国大陆外来首富"。

在财富论坛上，蔡衍明曾说："我并没有什么成功秘诀，要说有那就是一句话，'如果上帝给了你一个酸柠檬，那你千万别泄气，得想办法把它变成一杯可口的柠檬汁！'"对于我们来说又何尝不是如此呢？当你拥有把苦难变成甜蜜的毅力和勇气时，成功离你还会远吗？

把诗读给总统听

清风慕竹

　　1930 年，他出生在叙利亚海边一个叫卡萨宾的小村庄。他家世代都是农民，非常贫困，每天都在为吃饭而辛勤耕耘着。他虽然已经长到 13 岁，可从来没有进过学堂，有时听到学堂里的读书声，他就禁不住梦想，自己也能坐进那明亮的教室里读书该多好啊。可是他不能，他每天要做的事，就是跟父亲到地里干活，摘果子、拔草、种地，他的梦想看起来就像那遥远的地平线，望不到边际。

　　有一天，他在地里干活时，因为困倦在树下睡着了。他在梦中作了首诗，然后读给总统听，总统很欣赏，问他："孩子，我能为你做点什么？"他回答说："总统先生，我想进学校，我想读书。"梦做得非常真切，可醒来以后发现，什么也没发生，他还在大树下，手里握着锄把。

　　可是那一年，他听到消息，叙利亚的第一任总统要到各地视察，而且会经过自己的家乡。想到了那天梦中的场景，他很兴奋，真的写下了一首诗，一首赞美总统的诗。他把诗拿给父亲看，想请父亲跟族长说，让族长引荐，把诗读给总统听。父亲连连摇头，说："这是不可能的事情，小孩子还想见总统？而且我不喜欢族长，他也不会同意你进去的。"果然，当总统到来时，他赶去族长家，没进门口就被轰了出去。

后来，他知道总统还要到附近的城市去，就步行向那里进发。那天下着大雨，他冒雨走了很长时间，一直走到了市政厅前面，看到上面挂着巨幅标语，写着"欢迎总统"。他想总统肯定在这里了，就往里走，一个官员拦住了他，问他要干什么。他大声说："我要见总统。"那个人上下打量他一番，说："你见总统干什么？"他说："我要把一首诗读给总统听。"官员笑了，说："那你先读给我听。"他站在那里，大声地读了一遍。官员不笑了，真的给一个人打电话，说有一个农村孩子写了一首诗，想见总统，诗写得很不错。

他的要求得到了允许。总统集会的时候，他被拽到会场上，台下人山人海，总统微笑着把麦克风递给了他。他对着麦克风，勇敢地朗读起了那首赞美总统的诗。他的声音有着少年人特有的尖厉，可是却激情四射，声音所到之处，引起了阵阵欢腾。总统听得热泪盈眶，在讲话的开头还特地引用了这首诗。

集会结束发生的事，真的和他的梦境一样了，总统问他想要什么，他回答说，我要上学，于是他被送进了叙利亚最好的学校读书。

他就是叙利亚最著名的诗人，阿多尼斯，2011 年最热门的诺贝尔文学奖候选人。

回忆起当年的经历，现年 80 多岁的老诗人动情地说："我当初的梦想完全实现了。正因为有了梦想、有了诗歌，才有了今天的我。"为此他鼓励年轻人说："为了现实的生活，去做梦吧。"

把诗读给总统听，这对于一个生活在穷乡僻壤的农村孩子来说，无异于天方夜谭，可是阿多尼斯把它变成了现实，也从此改变了自己的命运。在这个世界上，有时候我们缺乏的从来都不是梦想，而是把梦想变成现实的勇气和行动。

穷孩子也买得起梦想

郭克秀

1961年的那个冬天，对他来说很寒冷。作为卡车司机的父亲出车祸失去一条腿后，家庭失去了经济来源。每天餐桌上，都是母亲捡来的菜叶和打折处理的咖啡，餐餐难以下咽。

失去工作的父亲，一同失去了生活的信心和勇气，每日借酒销愁，变成了一个酒鬼。只要他稍不听话，父亲便大发雷霆，挨打就像是家常便饭。

12岁那年的圣诞夜，家家灯火璀璨，美食飘香，唯有他的母亲因借不到钱而愁眉不展。父亲大发雷霆，骂他们都是笨蛋。无奈的母亲，只得驱赶他们到街上玩。肚子饿得咕咕叫的3个孩子，发现一家商场门口的促销商品琳琅满目。一个念头瞬间在内心产生，他让弟弟妹妹先回家，而自己一直注视着那包装精美的咖啡。他太想让父亲开心一下了。

瞅准时机，他快速拿起那罐咖啡塞到棉衣里，却不巧被店主看到。店主大声喊着抓小偷，他撒腿就跑，回家将咖啡送给了父亲。父亲很开心，打开那罐咖啡，香浓的气味飘逸而出。

还没来得及品尝，店主追到了家里。事情败露之后，他遭到一顿毒打。

这个圣诞节对他来说是刻骨铭心的。痛苦的滋味，让他发誓努力奋斗，一定要买得起上好的咖啡。为了减轻母亲的负担，他放学后去小餐馆打工，早上送完报纸再去上学。微薄的收入还有一部分被父亲偷去买酒，这让他对父亲的惧怕改为厌恶，他们之间很少说话。

此后的日子，他为皮衣生产商拉拽过动物皮，为运动鞋店处理过纱线，打过无数零工，只是和父亲的矛盾却一直未变。磕磕绊绊中，他以优异的成绩考上了大学。

家里贫困如洗，父亲坚决反对他去上大学，要他去打工挣钱。他咆哮着说："你无权决定我的人生，我才不要过和你一样没有梦想、毫无动力、朝不保夕的日子，我为你感到可耻。"

他进入了北密歇根大学，为了节省路费，上学期间他从没回过家，所有的节假日都在打工。他每个月都给母亲写信，却从不问父亲的情况。毕业后，他成了一名出色的销售员，拼搏努力的原因，只是想向父亲证明自己的人生选择没有错。

那一年，他挣到一笔可观的佣金，破天荒地给父亲买了箱上等的巴西黑咖啡豆。他以为父亲会很开心，谁知，却遭到父亲的讥讽，他说："你拼命上学，就是为了买这上好的咖啡？"为了不被父亲看扁，他决心做出更大的成就来刺激他。

那一天，母亲打来电话，说父亲想他了，想见他，他从没想到父亲能说出这样的话，当时正忙着和一个客户谈判，于是他拒绝了母亲。两个星期后回家，才得知父亲已经过世了。后来整理父亲遗物的时候，发现一个锈迹斑斑的咖啡罐，他认得那是 12 岁那年偷的那罐咖啡。盖上有父亲的字迹：儿子送的礼物，1964 年圣诞节。里面还有一封信，上面写着："亲爱的儿子，作为一个父亲我很失败，没能提供给你优越的生活环境，但是我也有梦想，最大的梦想就是拥有一间咖啡屋，悠闲地为你们研磨冲泡香浓的咖啡。这个愿望无法实现了，我希望儿子你能拥有这样的幸福。"

昔日的打骂成了珍贵记忆，悲伤顿时占据了整个心灵。妻子雪莉鼓励他说："既然父亲的愿望是开间咖啡厅，那么我们就替他完成愿望吧！"凑巧的是，西雅图有间咖啡馆想要转让，他毅然辞去年薪 7.5 万美元的职位，承包下了那家咖啡馆，并用二十几年的时间，从一个小作坊发展成为跨国公司。

这就是日后驰名全球的星巴克，而他就是那个用行动买梦想的穷孩子舒尔茨。谁努力，上帝就偏爱谁。只要你肯努力，无论多昂贵的梦想都能买得起。

那时的他们

何畅

有一天，朴树的妈妈非常为难地问他，你要不要去饭店端个盘子？朴树才忽然发现，自己已经在家里白吃白喝很久了。

俞敏洪连续考了3年大学，不干农活不打工赚钱，村里人谁见了都笑话，并且最关键的是，他在第三次努力的时候，仍然不知道自己能否考得上。

那一年，郭德纲饿得实在没招了，用BB机换了两个馒头吃。

当韩寒去办公室办理退学手续的时候，老师们问他，你不念书了，将来靠什么生活，年少的韩寒天真地说，靠我的稿费啊。老师们全都笑了。

马云去肯德基应聘，他落选了。马云跟大老板们讲了讲什么叫电子商务，大老板们得出一个结论，这是个骗子。

谢霆锋15岁的时候，父母离了婚，他独自一人去日本学习音乐，只有一把吉他，有时候上晚课回住的地方晚了，就抱着吉他在街上睡。

第四辑：梦想永远是宝贵的

身高只有 1.83 米的艾弗森第一次走进职业篮球场的时候，那些人告诉他，你最终的目标就是每场得 10 分和 5 次助攻，因为你太矮了，永远不可能主宰这里。

北京，张国立带着邓婕在地下室睡门板床的时候，两个人都觉得，北漂时能有个伴，真是莫大的幸福。

余华把小说投遍了全国各个大小刊物，紧接着，接到了来自全国各地的退稿信。但他没有放弃，他继续写，继续投，紧接着，他接二连三地接到了来自全国各地的退稿信。

瘦弱的施瓦辛格在贫民窟里，过着暗无天日的生活。

有人对年轻的李宗盛说，你这么丑，也没什么天赋，怎么能唱歌呢？

林书豪在 NBA 四处流浪，连续被几家俱乐部横扫出门。

崔永元第一次主持节目的时候，过了一会儿，身后传来一个声音，这孙子是谁？

自从吴宗宪给了一个工作机会后，周杰伦终于不用再去餐厅里刷盘子了，于是他写了一些歌，但是竟然没有一个歌手肯唱他的那些破歌。

柳传志拿着 20 万开公司，一上来就被骗了 14 万，火得整宿睡不着觉。

新加坡人阿杜在建筑工地的日子，也好不到哪儿去。

岩井俊二的女朋友问他，你有多少钱？岩井俊二说我没有钱，于是他被甩了。

42 岁的宗庆后发现，做儿童营养液有巨大的市场，但亲戚朋友都劝他不能干，卖那东西能发财就是痴人说梦，宗庆后老泪纵横道，你能理解一个四十多岁的中年人面对他这一生中最后一次机遇的心情吗？过了没多久，他给自己的营养液取名为娃哈哈。

有一天，洗车行里开来了一辆劳斯莱斯，有一个擦车小弟非常欣喜地摸了下方向盘，被客人发现了，客人扇了他一巴掌，告诉他，你这辈子都不可能买得起这种车。后来，这个擦车小弟买了 6 辆劳斯莱斯。擦车小弟叫周润发。

李安毕业后 6 年没有活干，靠老婆赚钱养着。李安曾一度想放弃电影，报了个电脑班想学点技术打打工补贴家用，他老婆知道后直接告诉他，全世界懂电脑的那么多，不差你李安一个，你该去做只有你能做的事。后来，李安拍出了一些全世界只有他能拍出的电影。

他们那时，远不如人。

他们都是万里挑一的人，你如果足够幸运，你会遇见他们。他们的特点就是一直在努力，梦想听起来不切实际，过得日子比你差，也没人知道他们这辈子能否成功。并且还有最关键的一条——他们受尽非议，却毫不动摇。

困境中的创意

侯兴锋

一天，完全不懂日语的美国小伙子杰西被公司派到日本出差。刚下飞机，他的手机和钱包就被人偷了。杰西着急万分，倒不是因为钱包里有很多钱，主要是他把一个要拜访的客户的地址放在里面了。那是老板用日语帮他记录的一张纸条，现在丢失了，杰西根本找不到要去的地方，也记不起来那些日语是怎么写的。

怎么办呢？只能找公用电话亭打电话重新问老板了。杰西庆幸在他的口袋和皮箱里还有足够的钱花。在街上，杰西拦住了一位行人，准备问问他到哪里可以打电话。杰西伸出右手的拇指和小指，并靠在耳朵旁边，然后带着疑惑的表情"问"那个日本人。日本人一脸的糊涂，根本不知道他需要的是什么。杰西急了，干脆就掏出口袋里的笔，在自己 T 恤衫的空白处画起了一个电话的模样，然后在旁边打了个大大的问号。这回日本人看明白了，他把杰西带到一个路口，那里正是一个电话亭。通过电话，老板叫杰西联系他的一个在日本的朋友，说找到他就可以找到客户所在的地方。杰西如释重负。在接下来的时间，他又如法炮制地问到了公共厕所和附近餐厅所在的位置。

在杰西又一次在 T 恤上画下面条，示意服务员他需要的是什么食物的时候，他才发现，他的衣服已经满是画过的痕迹，没有什么空白的地方了。这件奇特的衣服招来了很多顾客的围观，几个日本人不时在嘀咕着什么。虽然听不懂他们的话，但杰西知道，这些日本人肯定是觉得他的衣服很奇怪，很有创意。这么有创意的衣服，为什么不把它制作出来，然后卖给像我一样在异国他乡语言不通的人呢？

接下来的几天，杰西除了找到客户完成老板交代的任务以外，他还找到了一家美国人开办的小型服装厂，并出资叫对方帮忙做一批"救急 T 恤"。在救急 T 恤上，杰西叫服装厂把他事先设计好的几个图案印成一个圆圈，这些标志分别是：信封（代表邮局）、飞机（代表飞机场）、电话（代表电话亭）、红十字（代表医院）、刀叉（代表餐厅）、W.C（代表公共厕所）。在圆圈的中心，杰西让服装厂印上一个大大的问号。仅仅两天时间，那家服装厂就把杰西创意的 T 恤做出来了。

在日本的一个市场，杰西找了一个摊位后就把自己的 T 恤摆了出来。让他没想到的是，他的 T 恤摊前来了不少人，有欧洲的，有亚洲的，也有非洲的。会英文的，杰西就跟他们解释这个衣服的妙用；对于语言不通的人，杰西就直接给他们看衣服上面的标志和他写在纸板上的标价。一天下来，杰西算了算，扣去成本，他赚了 8 万多日元，折合 1000 美元左右。而且，很多人还向他预订衣服，叫他多做一些出售给他们。

回到美国后，杰西也找了一家服装厂帮他生产这样的 T 恤，卖给身在美国却有语言障碍的人。后来，杰西还把这种 T 恤进行了注册，申请了专利，并以此为起点，做起了服装生意，成了一位有名的服装大亨。

脚下是今天，眼里是明天

陆勇强

有一个少年，在正当读书的年龄里，他离开了学校。好听的说法叫"辍学"，其实就是失学——他读不起了。

他到城里去找活儿干。城里有那么多等着再就业的人，哪里有什么好活儿等着他找？他很清楚这一点，也没做什么绚丽的梦。所以，当一家快餐店的老板答应让他试试，他毫不犹豫地就接受了那份替快餐店送"外卖"的工作。那是一份工资很低，但却很累的工作。他不挑，也不说什么，即使有时一天要跑近百趟、送几百份快餐。

这个少年羸弱、瘦小，人很腼腆。有的客人熟悉他了，偶尔与他搭讪两句，比如人家问他："是不是不想上学，逃学出来打工赚钱的？"他说是。可他接着又说，他不是不想上学，是上不起。他娘一年前病了，到现在也没好，常年药物不断；他的父亲是个残疾人，靠在小镇子上开一个烧饼摊，勉强维持一家人的生活。他说他没想要赚多么多的钱，他只想帮爹顶起家，别让它垮下去。

少年在快餐店里，总有很多新伙伴，因为他们流水一样很快地流来，又很快地流走。除他之外，没有谁在快餐店干长，多的两三个月，少的，几天、十几天。辛苦的工作，微薄的工资，让人没法不生跳槽的念头，并把它很快地付诸行动。

一茬茬的人来了，一茬茬的人走了。当有的伙伴问他走不走的时候，他总是摇摇头，或者简单地说两个字"不走"，然后笑笑。

他工作得勤勤恳恳、兢兢业业。向那家快餐店叫外卖快餐的客人，无论是商贩、店主、白领，还是那些大大小小的老板，没有人说他不好。那家快餐店的老板信任他，如同信任自己的左右手。

春夏秋冬，寒来暑往，一天又一天……他把那个城市的很多大街小巷跑熟了，他把那个城市里很多职业、很多身份的人也跑熟了。

没有人替他计数，可他知道，他已经干了6年了。他已经从当初来时的少年，长成了一个青年。相当一些他的老主顾，都以为他已经成了快餐店的小老板。那些刚刚来到快餐店的小伙儿、姑娘们，更是认为他是小老板。一天，一个新来的女孩问他："每个月赚多少？"他红着脸说："300。"她不信，她说："不管怎么说，你也是一个小老板了，怎么可能一个月只赚300。"他老老实实告诉女孩，他只是个送外卖的。

他没有说谎，也不是谦虚，他的确是个送外卖的，6年前是，那女孩问他一个月赚多少的时候，还是。

人们以为这个当初从偏僻小镇来的少年，大概还会做下去，也不知会做多久。

可是，几个月后，没有任何迹象、兆头，他居然辞去了给快餐店送外卖的工作……

几天后，他开了一家家政服务公司。

在那个城市里，大大小小的家政服务公司已经先于他，开了很多家。很多的家政服务公司在同一座城市里，竞争激烈是很自然的事。竞争一激烈，怎么会有太多的生意？6 年的时间里，很多熟悉他的人，都替他的生意捏着一把汗。

几乎没有人料到，小伙子的家政服务公司，居然一开张就迅速火爆起来！不到一年，他已经在那个城市里开了第 4 家连锁公司！他财源茂盛，资产像滚雪球一样，飞快地滚动、飞快地变大！很多人都觉得不可思议：一个外地小镇来的、没有任何背景和依靠的人，做的又是几乎无缝可钻的家政服务行业，他怎么会一下子就脱颖而出呢？只有他一干就是 6 年的那家快餐店的老板不觉得多意外，他了解小伙子是一个怎样的人，他知道小伙子是怎样做事，他更清楚：在小伙子老老实实、勤勤恳恳送 6 年外卖快餐的经历中，他结识了几千位那个城市里的生意人，而生意人，恰恰是最需要家政服务的群体！与小伙子相识的那几千位生意人，都对小伙子有着最好的印象！了解了这些之后，人们茅塞顿开：他早就积累了旺盛的人脉、积攒了厚厚的资源、培养了广阔的市场！他把自己的家政服务业做大，完全是顺理成章、水到渠成的事。

　　他成了那个城市家政服务行业的名人。可他还像一个整天东跑西颠送外卖的小伙计那样平实、谦和、温良。当有记者缠着他，非让他讲其成功的"秘诀"时，他只反过来问了记者一个问题，就让那个聪明的记者一下子把住了他的成功之脉……他是这样问记者的："很少会有一个人送6年的外卖，是不是？在这个城市里有吗？"

梦想永远是宝贵的

郭子

在英国一个不知名的小镇上，有个普通的小女孩儿，与别的女孩子相比没有什么不同，没有出色的外表，没有显赫的家庭，就连后来上的大学也普普通通的。但是，她的想象力非常丰富。上大学后，她经常去图书馆看童话书到很晚。

大学宽松的环境和广泛的阅读让她有了更多的时间和空间去想象。在她的脑海中，常会出现童话中的情景：穿着漂亮裙子的公主，蔚蓝的天空，绿绿的草地，还有巫婆和魔鬼……在她的想象中，漂亮的公主和丑陋的巫婆、魔鬼有着许多许多的故事。

在她快乐读书和想象的日子里，她也碰上了自己的白马王子杰克。刚开始的时候，杰克也很爱她，可是在后来杰克再也受不了她天天缠着他给他讲那些在他看来不切实际的童话故事。她会在约会的时候，突然给他讲述一个刚刚想到的童话，他烦透了这样远离人间烟火的故事，杰克对她说："你已经23岁了，但你看来永远都长不大。"就这样，他的白马王子杰克离她远去了。

失恋的打击并没有停止她的想象，她继续想象着这些在她看来是美好的童话故事，甚至把它们写了下来。25 岁的时候，她毕业了，去了她向往的具有童话色彩的葡萄牙，在那里，她很快找到了一份英语教师的工作，业余时间继续想象着她的童话世界。

在当教师的日子里，一位青年记者很快走进了她的生活，青年记者幽默、风趣，两人相见恨晚，很快就走进了婚姻殿堂。但是她的奇思异想还是让他苦不堪言，他开始和其他姑娘来往。不久，他们的婚姻生活走到了尽头，他留给她的只有一个女儿。她经受了生命中最沉重的一击。

祸不单行的是离婚不久，她又被学校解聘，无法在葡萄牙生活的她只能回到故乡，靠政府救济金生活。但是，她并没有放弃她的梦想，依然很喜欢童话。

一次，她在领取救济金的时候，坐在冰冷的椅子上等着地铁，突然一个她想象中的童话人物造型涌上心头。回到家，她铺开随身带的稿纸，多年的积累让她的灵感和创作热情一发而不可收，一个星期后，她的第一部长篇童话《哈利·波特》问世了。在找了好多家出版社后，终于在一个小出版社出版了。没有想到的是，书一上市就畅销全国，销量达到了几百万，书的销量让出版商吃惊。后来她又陆续创作出一系列童话作品，而书的稿费也让她过上了比较舒适的生活

她叫乔安娜·凯瑟琳·罗琳，她被评为"英国在职妇女收

入榜"之首，被美国著名的杂志《福布斯》杂志列入"100 名全球最有权力名人"的第 25 位。

　　每一个人都是有梦想的，可是不同的是当遭遇挫折时，好多人的梦想都放弃了，但乔安娜·凯瑟琳·罗琳却坚持了自己的梦想，即使在遭受人生的重大挫折时也没有放弃，坚持梦想才会有今天的成就。

生命里的十字绣

琼雨海

2013 年 5 月 3 日，《中国梦想秀》的舞台上走上了一位特殊的梦想委托人。她叫杨佩，一个没有双臂的青春女孩。她的梦想是要开一个小小的十字绣店。

开店？十字绣？

善良的主持人轻声问道："你是卖别人的作品，还是……？"

此时的杨佩不禁露出了得意的微笑，还俏皮地伸了一下舌头，她肯定地说："是别人买我的。"

主持人简直不敢相信自己的耳朵，小心翼翼地问，如果愿意的话，能否说一下双臂是怎么了？杨佩流下了泪水，9 岁那年，小杨佩不小心拉了变压器的斜拉线，不幸被电到，等醒来的时候她已然躺在了泪流满面的妈妈的怀里。

命运就在这一瞬间改变了她的人生轨迹，截肢对于一个还没有开始绚丽人生的小女孩来说，意味着什么？当杨佩选择绝路的时候，被妈妈发现，妈妈痛苦地说，你有没有想过你要是死了，妈妈该怎么办？

是啊，如果就这样一死了之，对于那些爱自己的人是多么自私。自己不能改变现实，但是可以选择积极的生活方式。从那一刻开始，杨佩决定要乐观坚强，就像一株向日葵，即使生存环境再恶劣，也会一直向着阳光生长一样。

小杨佩第一步要做的就是要学会独立，于是她开始学着自己料理生活，并努力学习文化知识。她坚信她能做一个普普通通的女孩，别人能做到的，她经过不断地实践，反复地训练，也一样能够做到。

于是，她开始试着在家里洗菜、做饭、洗衣服、打扫卫生，女孩爱美的天性，还使她学会了梳妆打扮。

因为不能再回到学校上学，杨佩每次看到电视的时候，总是看着屏幕一个字一个字地识记，慢慢地她也能够看一些书籍，通过看书对外面美好的世界有了不止一次的向往。

可是，在家里她总是被父母照顾着，每看到她做事情吃力的样子，他们总忍不住要跑过去帮忙。本来自己多坚持一下就能做到的事情，反而半途而废。

那一天，小杨佩有了和母亲的第一次争吵。杨佩为了让自己的脚变得更加灵活有力，她决定要练习十字绣的技艺。这对于一个普通人来说，或许没有什么困难的，可是对于没有双手的杨佩，那是一个非常大的挑战。

对此，母亲坚决反对，她总是怕杨佩受伤害，不停地唠叨着，万一你扎到怎么办？线绳扯不出来，绊倒自己怎么办？其实，让她真正害怕的是这么精细的活儿，杨佩做不到的话，肯定会受到打击，万一因此而萎靡不振，那就麻烦了。

可是杨佩不理解母亲的苦心，她大嚷着，难道你能跟我一辈子吗？一句话直戳母亲心窝，两人相拥而泣。

然而，上帝的确是公平的，他为你关闭了一扇门，就会为你打开一扇窗。最终杨佩学会了绣十字绣，并且非常熟练灵活。

此刻，杨佩坐在舞台中央上展示了十字绣绝活，她劈线运针，那灵活娴熟的动作使在场所有人无一不为之惊叹。波波老师幽默地说："你用这个技术吓倒过多少人了？"

杨佩笑了，她说她在七浦路摆摊的时候，很多人过来围观。

在七浦路摆摊？是的。杨佩说，她已经能够自立，她就是一个普普通通的女孩，她现在一个人在上海生活，每天都在七浦路摆摊，绣十字绣。

说起自己的摆摊生活，有一件小事，让杨佩至今难以忘怀。那一天的上海，特别冷，而杨佩只穿了一件短裤，一位好心的阿姨，路过的时候看到她，忍不住哭了，留下了二百块钱给她。在一旁前来探望的母亲把这一切看在眼里，她哭着对杨佩说，走吧，咱不卖了。回到家里，母亲顾不上自己，马上端来了一盆热水，让杨佩烫烫脚。

每每想到此事，杨佩是那么心酸。自己的艰辛，好心人的善良，母爱的温暖，都一一涌上心头，激励着她要做一个坚强的女孩。

在舞台上，杨佩深有感触地说，她始终相信童话世界的存在，相信梦中有一双属于自己的水晶鞋。周立波评价她说："你让生命的不幸变成了精神的维纳斯，天下所有的赞美给你都不为过。"

是的，生命固然会遭遇狂风暴雨，承受巨变与打击，历经落魄与坎坷，可是，只要你迎接阳光的热忱之心还未泯灭，则终有一天能走出阴霾，对不幸的现在还有什么埋怨，请看失去双臂的杨佩坚毅地绣着自己人生中的十字绣，并且一直在微笑，微笑。

中国小伙：印度洋上种菜

小亮

孙平出生在贫穷的吕梁山区，2005 年从山西农业大学毕业后，他做过种子培育、农机销售等工作，但都没挣到钱。2007 年 2 月，在塞舌尔当电信工程师的哥哥，在该国首都维多利亚找了位女朋友要结婚，根据当地习俗，男方家必须派代表参加婚礼，于是在哥哥的邀请下，孙平第一次坐上了飞往异国的航班。

塞舌尔隐藏在西印度洋中，位于赤道南纬 5 度，陆地面积仅 455 平方公里。全国由 115 个大小岛屿组成，西距肯尼亚1500 多公里，东距印度 2813 公里，南与毛里求斯隔海相望。16 世纪，葡萄牙人曾到此地，取名"七姊妹岛"。1756 年这里被法国占领，并以"塞舌尔"命名。后来又被英国统治，直到1976 年才宣告独立。

塞舌尔是世界著名的旅游胜地，这个国家只有区区 8 万人，每年十几亿美元的旅游收入，令当地人的生活十分悠闲惬意。塞舌尔的鱼类资源非常丰富，闲暇时兄嫂常带孙平乘小船到海上垂钓。鱼类是当地人最主要的食物，每顿饭不是煎鱼就是煮鱼，最初孙平吃得十分过瘾，可是时间不长就开始有点"望鱼生畏"了。他走进一家大型超市想买点青菜换换口味，一看价格却大吃一惊：一盒西红柿 5 个合人民币 60 元，10 根小黄瓜 80 元，一棵大白菜 150 元，竟然比国内的价格高出几十倍！

原来，塞舌尔以旅游业为主，几乎没有什么工业，农业也处于很原始的状态。由于当地不产蔬菜，很多鲜嫩的水果和青菜都要从几千公里外的澳大利亚及欧洲空运过来，价格自然贵得惊人。"如果我在这里建个农场，专门种植各种蔬菜，肯定能赚大钱。"小孙激动地想。

在哥哥的奔走下，孙平很快就在一个小岛上租到 150 多亩荒地，但有关部门再三强调，为保护土壤环境不被破坏，农场无论种植任何瓜果蔬菜，都不能施用化肥，更不能喷洒农药及除草剂等，否则将给予重罚甚至坐牢。这些十分严厉的规定，还真把孙平吓了一跳。事实上过去也确实有外国人在这里尝试过种菜，结果都失败了，原因是病虫害严重，政府又禁止使用杀虫剂，最后只能眼睁睁地看着虫子把菜苗吃光。

此外，当地还有漫长的雨季，其间高强度的降雨不仅不能给农作物带来多大好处，反而会加速坡地的水土流失。而且这里的土地含有大量的沙石，漏水不保肥，根本不宜种青菜，故而当地人根本不去种这些"长不活的东西"。

但孙平毕竟是山西农大毕业的高才生，这些在外行看来根本无法解决的难题，他却另有高招。孙平说，在自然界有很多植物生长在一起，可以共生共荣，相得益彰。比如洋葱和胡萝卜是一对好朋友，把它们种在一起，相互之间能和谐生长，产量将得到很大提高。这是因为，洋葱和胡萝卜植株发出的气味，能够相互驱除对方的害虫；大蒜和大白菜等间行种植，所挥发出来的大蒜素，既能杀菌，又能赶走害虫；韭菜也常常是其他许多植物的好朋友，如韭菜和甘蓝间行种植，就能使甘蓝的根腐病减轻。这是由于韭菜能产生一种特殊怪味，可以驱虫杀菌。如果农场里再种些气味非常浓郁的迷迭香、鼠尾草等香料植物，效果会更好。

在孙平的精心呵护下，蔬菜瓜果开始茁壮成长。一片片绿叶随风起舞，给这片原本荒芜的土地带来了勃勃生机。时间不长，柿子椒开始结果，挂起了碧绿的小灯笼；草莓也不甘寂寞，红艳艳的小果实纷纷探出头来，煞是可爱；顶花带刺的黄瓜更是长势喜人。这一切简直是一幅充满诗意的油画，孙平一有空就蹲在田头细细观察着各种蔬菜的变化，体验着"生长"的快乐。

在阳光下哼着歌，拔拔草，欣赏着美丽的风景，嗅着带有泥土气息的芬芳，真是赏心悦目，快乐至极。有趣的是，傍晚下班之后，劳累一天的黑人兄弟不是马上休息，而是又唱又跳。孙平说黑人是天才的舞蹈家，他们的表演粗犷中带着原始的味道，让人看了觉得新鲜、刺激而又十分过瘾。

2007年8月，农场生产的第一批蔬菜终于上市，尽管像菠菜、油白菜、西红柿这些品种每公斤要十几美元，但因为新鲜，他拉到首都的 1000 多公斤菜很快就被市民抢购一空。听说中国人在本地种出了蔬菜，不少西餐厅及星级酒店，也直接将车开到田头采购。孙平做梦都没想到，第一年他就赚了 30 多万美元。孙平对蔬菜的生长有着精确的把握和质量控制。以上海青为例，在这里每亩地种植 18 万株，每株间距 5 厘米，22 天采收，每株重量 80～120 克。很多人问我，你是怎么给一棵菜设定质量标准的？实际上，严格按照标准化方式生产的蔬菜每棵重量误差只有 5％左右。拿西红柿来说，孙平的要求甚至具体到每一株上挂多少果，多余的必须剪掉，以确保产品质量。与普通西红柿的软绵不同，他这种"有机农场"生产的西红柿香脆多汁，是纯天然的味道。其甜度已经接近西瓜的甜度了，和市场上的同类产品相比，当然更受消费者青睐。

2008 年秋天，孙平从国内引进一种"巨型丝瓜"，这种菜不仅味道鲜美，而且浑身青翠碧绿如翡翠般，吊在架上能长 3 米多长，这道奇异的风景，引来无数当地人参观并啧啧称奇。由于用它炒出的菜深受外国游客青睐，一时在市场上供不应求。后来孙平不得不将农场种植面积扩大到 300 多亩。

2009 年春天，通过与一位澳大利亚专家的合作，孙平又成立了一家化妆品公司，专门生产女性护肤抗皱用品丝瓜水。许多游客在塞舌尔度假时皮肤被晒得黝黑，但只要用丝瓜水敷脸保养一段时间，脸蛋的肌肤就变得更有弹性，而且美白效果奇佳。其实在我国古代，丝瓜就一直是江南女子代代相传的美白养颜秘方。现在，孙平开发出的这种纯天然的护肤水，除在当地大受美女欢迎外，还畅销南非、英国、葡萄牙和沙特等地。

在异国经过几年艰辛的打拼，他这个昔日的"蚁族"如今已拥有了 200 多万美元的资产，若折合人民币早已是千万富翁。但更让小伙子感到自豪的，是他找到了一种能亲近大自然的"绿色"生活方式。

吴欣鸿：让美变得容易起来

方浩

高中毕业，他没有读大学，因为他在中考后就休学去美术学院学了两年油画。

18岁开始，他便成为中国最早一批经营域名生意的人。他还是中国最早一批进入社交网络的创业者，甚至比Facebook还要早，但以失败而告终。

他从产品经理做起，前后尝试了不下30款产品，最终做出了美图秀秀。

现在，美图秀秀在以智能手机为代表的移动端的增速，以每天30万的规模在增长。吴欣鸿说："那是用户，不是钱。"

特立独行的"骚年"

少年吴欣鸿想过N种成名方式，但肯定不包括域名投资。他出生在福建泉州一个富裕的家庭，父亲早年创业，有自己的工厂。吴欣鸿爱画画，初中三年，他获得了不少美术方面的奖项，加上学习成绩尚可，他被保送到了泉州一中。当人们以为这个孩子会按照一个优秀特长生的路径成长，即继续获奖、参加高考、进入清华美院的时候，他选择了另一条道路：休学两年，去杭州的中国美院进修。原来，他从学校的美术老师那里得知，每年都会有一些老师去学习。他动了心思：既然上大学也是学画画，为什么不现在去学？就这样，他以一个初中毕业生的身份，来到杭州，与来自全国各地的"叔叔阿姨们"一起上课、一起写生。"家里一开始也反对，但我比较固执，他们最终不得不同意。"吴欣鸿说。

对于一个 15 岁的少年来说，异乡求学多少令人感伤，但吴欣鸿感受更多的是好玩。他爱去中国美院的图书馆，翻看从古典到现代派大师的各类作品。以今天的眼光看，在杭州的这两年中有一件事情对日后的吴欣鸿影响深远：他迷上了摄影，买了一台国产海鸥单反相机，每天不是拿着画笔，就是拿着相机。既不用应付各类考试，也没有想过拿照片投稿，反正就是喜欢。

两年时间很快过去，吴欣鸿回来了。幸运的是泉州一中还给他保留了学籍，所以，他又和一群学弟学妹们读起了高一。这是 1998 年的中国，电脑走入了一部分中国家庭。吴欣鸿迅速学会了怎么联网，他经常泡的都是一些与美术相关的艺术类网站，也会看看新闻。

1999 年的某一天，吴欣鸿看到了一则新闻：一个叫作

"business.com"的域名，在美国卖了750万美元。这个新闻，让他认识到了域名投资的潜力，但要想玩域名，必须从家里借钱。而生在泉州的一个好处是，父母不会把做生意视作"歪门邪道"，相反，这似乎是这一带孩子成长的必修课。

家里给了吴欣鸿一万多块钱，但很快就打了水漂。当时的域名均价在500块人民币左右，而吴欣鸿的出手逻辑依然具有"文艺范儿"：每天抱着本英语词典，从里面挑与艺术相关的单词。一年下来，没有成交一个。不过当其他同学整天在学校谈论《七龙珠》或者《还珠格格》的时候，吴欣鸿总是一个人安静地躲在角落里，抱着英文词典像煞有介事地学习，以至于老师和同学们都觉得他爱学英语。

在交了一万块钱的学费之后，吴欣鸿开窍了。2000年，吴欣鸿迎来了第一笔交易：他手里一个叫作"e23.com"的域名经过讨价还价之后，卖给了美国的一家公司，价格为3000美元。这几乎把之前的成本全部收回来了。2001年对吴欣鸿来说是高考年，但此时他已经深陷互联网，最后没有去上大学。通过域名投资，吴欣鸿积累了自己的第一桶金。

从火星文到美图秀秀

之后，吴欣鸿加盟了265，做搜索工具条：YOK超级搜索。像大多数软件一样，YOK采取的是捆绑下载，主要合作伙伴是电驴。在推出的第一年，YOK营收近千万；当然，产品渠道运营的因素要远远大于产品本身。

2007 年，265 被卖给了 Google，Google 依然把 265 交给原来的团队打理。同时，吴欣鸿带领的产品团队展开了一个接一个的产品孵化。

"说是产品孵化，不如说是网站孵化。"吴欣鸿说。265 作为一个流量平台，任何人都无法忽视它的巨大价值，所以，如何把 265 的流量引入新的网站，并最终进行广告变现，就成了吴欣鸿要做的事情。从 2006 年到 2007 年，吴欣鸿做了将近 30 个产品，其中绝大多数是网站，有股票类的，有视频类的，还有资讯类的。尽管赚钱不少，但一直让吴欣鸿提不起兴趣。"当时就是赚流量，没什么成就感。"

直到火星文的出现。当时很多人喜欢在 QQ 对话框里发送各种奇怪的表情和符号，有一天吴欣鸿突发奇想，为何不推出一套适合网络语境的文字形式呢？

2007 年春天，吴欣鸿和他的产品团队只用了三天时间便让火星文上线。这款产品由于能够满足众多 90 后小朋友的"萌"特性，瞬间引爆整个 90 后群体。到同年 9 月份，火星文的用户量突破 1000 万，而到 2007 年年底，则已突破 4000 万。

产品形态定型之后，商业空间在哪里？吴欣鸿感到迷茫。

吴欣鸿经常跑到 QQ 空间去逛，他发现，那些 90 后女生的主页都爱晒自己的照片，但照片质量参差不齐，很多谈不上美感。爱美之心，人皆有之。吴欣鸿灵机一动，做美图秀秀——把火星文的用户群迁移到一个更具想象空间的产品上来。

美图秀秀最早不叫美图秀秀，它叫美图大师，2008 年 10 月份上线，年底用户突破 100 万。上线两个月之后，大家都觉得美图大师太严肃了，与它的用户群有偏差，所以就改了名字，叫美图秀秀。

真正让美图秀秀的用户增速出现拐点的，是美容功能的添加。之前的美图大师其实就是一个滤镜软件，还有一些基本的旋转、裁剪等功能，和当时的其他修图软件没有多大区别。所谓美容功能，其实就是给照片化妆。这个功能 Photoshop 也有，但其操作步骤很复杂。美图秀秀的美容功能，则是把这些需求彻底场景化了，只需按一个键，就能实现 90 后们想要的效果，省去了烦琐的操作过程。

从 2011 年开始，吴欣鸿和美图秀秀开始迎来一系列关键节点：2011 年年底，PC 加移动端的用户量突破一亿；2012 年，PC 端的用户量突破一亿，同时 PC 加移动端突破两亿用户。

吴欣鸿说，现在的创业状态，与他小时候通过父辈身上看到的完全不一样。"小时候觉得开公司就必须赚钱，而且很辛苦；现在觉得赚钱可能需要一个很长的过程，但很快乐，看着那么多用户在用你的产品。当然，能赚到大钱最好！"

杨媛草：用梦想成就的传媒时代

彭靖

2012 年夏天，国内最火的电视综艺节目是什么？毋庸置疑，是《中国好声音》。浙江卫视借此一举上位，制作公司灿星名利双收，众导师更是赚得盆满钵满。

当大幕落下，各大卫视争夺《中国好声音》第二季播出权、各种猜测流传江湖之际，外界鲜有人知，这一切定夺权皆掌握在一个小女人手中。

她就是杨媛草。IPCN 国际传媒总裁，80 后重庆美女，业内名唤"小草"。

记得每一道风景

《中国好声音》的节目版权，属于荷兰节目《The voice》。2011 年，杨媛草从原版权方荷兰 Talpa 公司手中买断该模式在中国地区的独家发行权后，将其制作权授予灿星，播出权授予浙江卫视。《中国好声音》的火爆，把杨媛草从幕后推到了台前。

杨媛草的名字，取自"离离原上草"，意为"野火烧不尽，春风吹又生"。

她从来就不是一个缺乏梦想的孩子。读书时她热衷于节目主持，因而在同龄人中有不少脱颖而出四处游学的机会。读高三那年，外婆与父亲相继去世，命运一下子就催熟了这个女孩儿。她拒绝了大学保送，每天早上到滨江公园学外语，托福考试考了600多分，成功拿到了英国新闻学名校卡迪夫大学的录取通知书。

为了更好地驾驭媒体工作，留学期间，她兼读了社会学学位，哲学成了必修课。授课时用的全是英文，这让杨媛草抓狂："我用录音机录下来，如果还是听不懂，就厚着脸皮请教授重复。"

2002年，卡迪夫大学来了很多中国留学生，他们成天开跑车、穿名牌、上中国城吃饭。这引起了杨媛草的注意，让她萌生了做一期《国际学生》节目的念头。正是凭借这个节目，她获得了2002年BBC"新闻新人奖"。2003年，她拿到了大众传媒和社会学学士学位，以优异成绩获得学校"最佳学生奖"。

当时教授开玩笑说，应该改为"最佳生存奖"，因为班上3名亚洲学生，日本学生留级，韩国学生退学，只有来自中国的杨媛草坚持到了最后。她却说："我其实从不在意自己到底吃了多少苦，就像一个行者不会在意他身上有多少伤疤，却永远记得看过的每一道风景。"

夭折的"野草"

2005 年，杨媛草辞去年薪 5 万英镑（折合人民币约 60 万元）的工作，创办了英国野草影视制片有限责任公司。25 岁的她有一个梦想，那就是"让中国传媒走向世界"。

她雄心勃勃要做原创电视节目。"野草"第一个项目就是专题片《挑战异文化》，该片大获成功。2006 年，"野草"又原创了两档真人秀节目。在此期间，杨媛草蹲在北京好几个月，住在秀水对面 100 多块钱一晚、连窗户都没有的小旅馆，吃 4 块钱一顿的饺子，每天不知疲倦地带着样片去不远处的中国大饭店跟各色人等开会。终于，两档节目都跟国内电视台签署了意向性合同，其中一档甚至还拿到摩托罗拉 100 万美元的赞助。

但是，直到节目落地前最后一刻，还是没能拿到批文。

那是她跌得最重的一次。2007 年元旦后的一天，电视圈内一位前辈邀请辛苦奔波的她去做按摩。谈笑间，前辈的手机响了。挂断电话，前辈没说话，她也沉默了。就在那一刻，她知道这两档节目被判了死刑，之前所做的一切努力都付诸东流。转过头，杨媛草默默流下泪来。

那年她未满 27 岁，年轻且天真，想不通"为什么一个创意这么好的节目，一句话就被彻底否定了"。

就像知识产权法不保护"创意"一样，节目仅有创意没有模式，很难令人信服。又或者如她反思的，"就像开一家服装店，你有很好的原创品牌，但没有名气，就卖不出去"。

结束了"野草"，她将自己放逐到遥远的加勒比海。数月后，她想明白了一件事：人生不是单行线，一条路走不通，你可以转弯，"远方的目标不会变，但有时候不能从 A 直接到 B，我就先到 Z"。

Z 就是，"我可以先引进版权，学习经验，积聚人气，再重新走回原创之路"。

"带着广告上门"

人生很奇妙，看似被迫转向，却让杨媛草投身版权模式引进与经营这个领域。而事实上，早在 2006 年年底一次战略投资会议上，杨媛草就已指出中国市场的不确定性。正是这次发言，打动了在座的英国最大商业电视台 ITV 前任首席执行官 Mick Desmond。

2007 年 10 月，IPCN 国际传媒成立，致力于将国外优秀电视节目版权及内容引进中国。Mick 成为杨媛草重要的合作伙伴。此前"野草"带给杨媛草丰富的国内资源和人脉，而 Mick 有在 ITV 长达 25 年的工作经历，在欧美有很广的人脉资源，对各种节目模式掌握得很清晰，这样的搭档组合不可谓不犀利。

但 IPCN 最初面对的，却是一个需要培育的市场。

杨媛草通常是"带着广告上门"——找东方卫视合作《嘉年华美好时光》时，她带来了福特的商业冠名；与上海外语频道合作《Cool Edition》，赞助商是英国旅游局……她利用已有资源，由此形成 IPCN "依托节目内容整合商业营销"的模式。

《以一敌百》开启了引进先河，但直到《中国达人秀》爆红，包括央视在内的国内电视台才开始真正试水海外节目版权的引进。

2010 年 10 月 10 日，东方卫视第一季《中国达人秀》总决赛，上海本地收视率为 34.88％，而央视春晚的收视率也不过 17％。当晚，第一季《英国达人秀》冠军保罗·帕兹站在上海 8 万人体育场的舞台上唱起《今夜无人入眠》，曲毕，台下掌声雷动，杨媛草一下子瘫倒在地。

此刻冲进她脑海的，是 2010 年 4 月 8 日她从伦敦飞到上海，再转机广州，与宝洁公司连续 72 小时不停歇地谈判，宝洁敲定千万元级的赞助后，她马不停蹄地与东方卫视接洽，随后整个节目制作过程中她和她的团队不眠不休地忙碌，又与包括保罗·帕兹在内的演出明星的经纪公司联系、谈判、申请签证、预订机票、运输乐器……种种艰辛换来如今节目的火爆，她不禁放声大哭。

穿着高跟鞋去战斗

在最具中国特色的城市生长，又在全球最具创意的城市成熟、壮大，杨媛草说自己最大的优势就是对中西文化的贯通，和对中西商业游戏规则的理解。既要尊重国际游戏规则，又要迎合本土市场。她有立场，却不固执。

"老外喜欢问我中国市场为什么这么难打开，我回答说因为你不穿高跟鞋，找不到着力点。"这是属于杨媛草的英式幽默。

她可以优雅地端坐在伦敦天空下和英国贵族欣赏马球，也能畅快淋漓地在路边摊儿来上一顿火锅。从节目版权方、版权营销合作方、电视台到赞助商、赞助商聘请的媒介购买公司，她可以每天脚踏高跟鞋去战斗，从不喊累。当然，她也能在价值不菲的手提包里塞进一双平底鞋，随时准备在交通拥堵的城市换下高跟鞋，以百米冲刺的速度冲上地铁赶下一场会议。去外地出差的时候，一上出租车，她就会立刻和司机搭讪，询问他们喜欢看什么电视节目，讨厌看什么。

时至今日，IPCN 手握 300 多个海外节目模式，包括直接买断、独家代理和独家发行，其中有 20 多档节目落地，众所周知的诸如《中国达人秀》、《中国好声音》、《清唱团》、《梦立方》、《浪漫满车》、《我爱我的祖国》等。

属于杨媛草的传媒时代正在到来，但她并不羡慕奥普拉或者邓文迪，她的偶像只有一个："那肯定是我母亲。她身上那股不屈不挠、乐观向上的正能量是我闯荡世界最有利的武器。"

"国际化的题材可以用中国的方式来打造，中国的题材也可以采用国际化的方式来表达"。这就是杨媛草最初的梦想——把中国原创的节目模式版权卖到国外，就像把《The voice》买入国内一样。

青岛女孩打造"枕头王国"

钟淑新

人的一生约有 1/3 的时间用于睡眠，枕头是每个人的必需品。可很少有人想到，这些司空见惯的床上用品，是否潜藏着巨大的商机。一个叫张静的青岛女孩，花费 10 年时间，用樱桃核、葡萄籽、荞麦壳、蒲绒、决明子、亚麻子、夏草、佩兰、野菊花等原来无人问津的材料，凭借其绿色低碳的理念，唤醒了沉睡多年的枕头市场，带来了数以亿计的商机，建立了一个每年售出上百万只、远销十余个国家的枕头王国。

枕头里有大学问

2000 年，张静大学本科英语专业毕业后，在青岛一家海运公司上班。那一年，张静乔迁新居，她的母亲有一对香蒲绒的枕头，枕了 20 多年了，张静想扔掉，但母亲说什么也不愿意：别看枕头破旧，但里面的蒲绒可是个好东西，冬暖夏凉，市场上根本就买不到。张静不信，自己到商场去打听，发现清一色是中空棉，也就是化纤材料做的。这让张静第一次意识到了枕头里面的学问。

2001年年初，海运公司破产，张静成了待业青年。祸不单行，因为长期做文案工作，她得了颈椎病。一天，一个学保健的朋友来看她，建议她换个低一点的枕头，这样有利于颈椎病的康复。张静逛遍了青岛的各个商场，都没有找到符合要求的枕头。没办法只好自己动手做了一个，半个月后，颈椎果然舒服多了。小小的枕头对人的健康起着不可估量的作用，然而这一点却被很多人忽视了。

张静发现，商场里天然植物枕头非常少，枕头的样子也很少，而且都是一个高度。

她在网上找到了七八家植物枕头加工厂，花7000元钱，买了100多个枕头。先是尝试挨家挨户上门推销。但大多数人宁愿上商场买贵的也不愿买上门推销的，她只好带着枕头进驻青岛的发达商厦。没想到，植物枕头竟一炮打响，有时一天的利润额可达两三千元。这也是全国第一个枕头专卖店。张静由此赚取了第一桶金。

从批发商到自主研发生产

这时，一个意外搅乱了张静的买卖。一个老客户给张静打来电话，说他从张静那里买的枕头竟然有黑心棉。张静不信，但她打开枕头查看，发现里面的枕芯确实黑乎乎的，显然厂家为了节省成本就用了劣质材料。这让她备受打击。

张静决定涉足生产领域，这样一方面可以保证质量、降低成本，另一方面还可以不断创新。

经过一段时间的拜师学艺，2003 年，张静在市区租了一间 300 多平方米的小工厂，开始了自主设计之路。经过 3 个月的反复试验，10 多个品种、30 个规格、近 600 个植物保健枕头新鲜出炉，竹炭、野菊花、茉莉花等枕头顺利走进市场。张静按照自己的切身体会和销售经验，把枕头结构从单层改成了双面不同填充，形状上也突破圆滚滚的普通造型，改进为呵护颈椎的造型。张静的个性枕头成了市场的抢手货。

但随着张静的枕头厂生产量飞速增长，仅靠室内零售难以消化，货品出现了大量积压。张静想到了各种方法，包括做广告、发传单、在网络上寻找商机等，后来发布的信息多了，不断有人打电话找张静要样品。突然有一天，张静接到一个银川的电话，说已经给张静汇了 5000 块钱的货款。张静一听当场跳了起来，这是第一个抛出橄榄枝的批发客户。

"量体定枕"，走出新路

来自全国各地的批发订单逐渐多了起来，张静的枕头滞销危机化险为夷。

这时，她又发现，仿佛一夜之间，青岛市场上涌出了很多中草药枕头，这些假冒产品虽然粗制滥造，但因为价格便宜，还是吸引了不少消费者。张静意识到，要想打击假冒行为，首先要增强自己的品牌意识，她马上向商标部门申请注册自己的枕头商标——"适之宝"。

张静还请来各方专家研发了"量体定枕"系统，根据顾客的身高、头围、颈弧等制作了一套专业的测算软件，为顾客"量体定枕"。

张静说："其实和衣服、鞋子一样，每个人应该找一个适合自己尺寸的枕头，枕头也要合身。"

一天，张静的店里来了一位女孩，店员边介绍枕头边问她："你觉得什么样的枕头最舒适……"没想到女孩语出惊人："我觉得我男朋友的臂弯最舒适！"张静听到她们的对话，灵光一闪，对女孩说："我给你设计一款'男友枕头'，3天后你来取。"女孩走后，张静马上开始研制"男友枕头"。3天后，女孩来到店里，看到这个惟妙惟肖的"男友枕头"十分惊喜，连忙躺在上面试了试，高兴地喊："就是这种感觉！""男友枕头"在青岛上市，很快风靡市场，被很多追逐时尚潮流的年轻人当作馈赠的礼物。

樱桃核的启示

生意扩大后，张静并没有满足，她不断寻找新的枕芯填充物和枕头款式。

2006年，有个德国客商问她能不能做樱桃核的枕头，她感到很惊讶，自己从来没听说过这种枕头。原来，樱桃味道鲜美，果核有安神、降血压等作用。用樱桃核做枕头，可以用来治疗头部、肩部的肌肉疼痛。

德国客人的报价是1200美金一个，订做3000个。可上哪儿去找这么多樱桃核呢？张静去崂山和城阳的樱桃产地询问，当地人说樱桃核都没人要，大多都是当垃圾埋了或者当柴火烧了。为了收购更多的樱桃核，张静打出了"回收樱桃核，五元一斤"的牌子，很快有人送货上门了。

"没想到我做枕头，还带动了像樱桃核回收这样的新行当。"张静笑着说。

近几年，张静几乎两年就要换一次厂房，从当初的300平方米到现在的4000平方米。现在她80％的生意在互联网上完成，拥有200多家网络经销客户，支持了100家淘宝网店。"2010全球十佳网商评选"中，张静荣获了最具创新力网商称号。

枕芯是一只枕头的灵魂，樱桃核枕芯可热敷理疗，葡萄籽枕芯可缓解腹胀腹痛，蒲绒枕芯可安神镇静、清热凉血……上千款枕头多数都是她一笔一画、一针一线设计出来的。在"适之宝"枕头工厂里，没有漫天飞舞的棉絮，没有浓重的化纤材料的味道，只有粮食、果核、花草甚至中药材的淡淡清香。

张静的理想是打造一个像美国星巴克一样的专业品牌，不局限于做枕头、卖枕头，而是要做一个专业的睡眠服务商。

在快餐化时代定制古典美

霜降

在规模化、标准化的快速经济大行其道的今天，陈润熙开的复古照相馆看起来是一个另类：他们在淘宝接单，每月限定只接 12 单，以后还计划接得更少。

而为了再现原汁原味的古代美感，诗意地穿越到汉唐，他会整宿整宿地翻阅资料，设计场景，在镜头中若发现一个微小的瑕疵，都不惜血本重拍。以这种拍大片的方式为顾客拍复古照片，让他赢得了成千上万的粉丝。

游园归来，梦想激活

从小，陈润熙就喜欢看古装剧，也喜欢画一些古风的漫画。那些身穿传统古装的人物白衣飘飘的样子令他非常痴迷，所以上大学他索性报考了服装设计专业，希望成为一位古装剧服装设计师。但上大学后才发现，专业课上教的根本不是这些东西。

毕业后，陈润熙去了上海，后来又辗转到北京，换过不少工作，但古装设计的梦一直没有泯灭。业余时间，他自修了古代服装发展史，并接触了一些民间汉服组织。

慢慢地，陈润熙有了拍一套复古写真的想法：以古代人的服饰和生活方式为基准，把中国传统的含蓄美与现代人的唯美、小资情调糅合在一起。

2012 年 6 月，陈润熙和朋友去涿州影视基地玩，了解到《大明宫词》、《杨贵妃》、《唐明皇》等影片都是在这里取景拍摄的。回来后，他辗转反侧地想自己的唐仕女该如何拍摄。早在几年前，他和志同道合的朋友研究了很多资料，做了几套考究的唐代仕女装一直放在家里。几天后，陈润熙试拍了一套唐代仕女写真。

他将这组照片发在微博上，没想到被成千上万的网友转发。这种热情的反馈一下子激活了陈润熙开复古照相馆的梦。

以前，他一直觉得准备还不够充分，还需要收集更多的古装道具资料、古代发饰资料、知识储备等，有一天，他在蔡康永微博上看到一句话："等我准备好了再说，这是句中看不中用的话。很多事不开始做，根本不知道该准备些什么。"陈润熙决定在 30 岁的时候，做一个自己喜欢的梦。他辞去了工作，同时卖掉了北京的房子，只身到上海创办了"陈先生复古照相馆"。

一个月只接 12 单的照相馆

要在写真中实现古典唯美的意境，除了高逼真的服装、道具，人物所处的背景同样重要。这样的背景，在高楼大厦中、封闭的房间里是不可能设计出来的，只能到那些保存完好的古代园林、幽静的山水风景中寻找。陈润熙背着包，一口气去了苏州、南京、杭州、厦门、成都、西安、洛阳等富有人文气息的地方，寻找理想中的取景点。

几个月下来，他的脑海中有了一幅幅完美的图像，只等着人物走进去。因为取景都在户外，他也没打算开实体店，主要在淘宝上下单，在微博上联系洽谈。刚开始的时候，陈润熙比照一般摄影棚的价格，想一单收个一两千元就差不多了吧。结果，他在微博上刚发出消息，就有人回复预定。

预定完，客户还不放心，把定金送到陈润熙的工作室来。陈润熙问她为什么这么着急，她说："你们这样的水准，以这样的价格，在附近找不到第二家呀！"

照片出来，这位女士非常开心，可陈润熙犯愁了。首单算下来，他不仅没有赚到，还赔进去一些。陈润熙不得不告诉大家，要涨价了，但他保证："每个月都控制 12 单拍摄量，留有足够的时间让我们去学习、去准备、去创新，绝对不像流水线那样机械化复制，绝对不为了赚钱违背了自己的意愿。"

陈润熙这种诚心打动了顾客，而他也说到做到，报名的人再多，每个月也只做 12 单，没有轮到的就往后顺延。很多顾客愿意等待，因为市面上还没有哪一家照相馆愿意为了一张照片的妆容、典故整宿整宿地查资料，为了一个完美的背景来回踩点。

像百年手工店一样生存

一套写真拍出来，要付出多少艰辛，可能只有陈润熙最清楚。客户预定后，拍摄前先要见面沟通，根据顾客的容貌、气质，建议服装、发髻等，然后再选景拍摄。

2013 年 8 月，杭州的一位顾客预定了宋仕女拍摄。陈润熙立即想到了宋朝杨万里的诗：接天莲叶无穷碧，映日荷花别样红。带着想象中的画面，他和摄影师去了杭州西湖。清晨，岸边升起一层薄薄的雾，一位宋装美丽女子坐在荷叶丛中的木台上，回眸一笑，确实动人。陈润熙和摄影师为了找到最佳机位，不得不跳到荷塘中，卷起裤腿，踩着污泥拍摄。

这还不是最辛苦的。他曾把朋友的一座古董石亭搬来用，也曾到荒郊野外，把竹子锯回来搭背景，竹子上掉下来的毛很痒，几天都洗不掉。

为了拍好每一组片子，陈润熙会到玩香、玩琴的朋友圈里请教。古代人的坐姿、礼仪是怎样的？怎样才能做到古人所说的笑不露齿？这些都有讲究。有一次，陈润熙拍好一套写真，传到微博上分享，有网友就提了条意见："古琴的位置放反了，古代不是这样的。电视剧《甄嬛传》里也犯了同样的错误。"为了这个小细节，陈润熙重拍了整套片子。但陈润熙很快乐，因为每一次拍摄的过程也是学习的过程。

陈润熙不断学到新的东西，而更大的变化则是内心，生活有了激情，虽辛苦却充实。

看到陈润熙照相馆的独家创意和特色，有不少投资商表示愿意投资或者加盟。陈润熙一一回绝了，虽然风投的钱很好拿，开加盟店的利润很诱人，但文化的东西很难被复制。他只想象那些百年手工店一样，给自己的作品注入灵魂和个性，然后打动这个时代依然眷恋着传统美的人们。

创意小子：网上挖"树洞"大赚减压钱

琴心

"失恋"小伙网上挖"树洞"

26岁的张宁是安徽芜湖人，大学毕业后，他应聘到一家销售公司，但他内心里一直激荡着创业的冲动。

2010年5月，张宁从同学口中得知了一个令他眩晕的消息——大学时期他暗恋的女孩要结婚了。本来，张宁想等事业有成了再向心上人告白，可现在一切都来不及了。"失恋"的日子里，一下班他就疯狂地玩网游，或蒙头大睡。

拥有太多秘密和苦恼的心，就像被大坝拦住的洪水，总得找到一个发泄口。一天上网时，张宁发现不少网友的QQ签名中藏着各自的苦恼，或为感情受挫而悲伤，或因职场压力过大而骂娘，还有人因为朋友的背叛而难过……张宁发现其实很多网友和自己一样，需要一个或多个"树洞"来痛痛快快地倾诉秘密，淋漓尽致地释放压力。

何不创立一家专门供人倾诉秘密、宣泄情绪的树洞网呢？当确定国内还没有类似的减压网站后，张宁被自己的创意搞得兴奋不已。深夜难眠的他，忍不住给朋友王鲁昆打了个电话。青岛小伙王鲁昆获得计算机硕士后，一直在一家软件公司供职，虽然薪水不菲，但向往自由生活的他却一直想为自己打工。

听了张宁的新鲜创业构想，两人一拍即合，2010 年 9 月，他们投资 5000 多元钱打造的树洞网正式上线。网站以舒缓用户的心情为目标，主页上的八个字诠释了树洞网的定位：分享秘密，诉说心事。

打开树洞网，你可以注册为会员，也可以以游客的身份发消息，道出内心的秘密。当然，你不知道自己看到的是谁的秘密，你也不会知道自己的秘密会被谁看到。

让都市人安全晒秘密

由于没钱在传统媒体和网络上做广告，树洞网刚上线的前几个月，访问量一直低得可怜。为了全力做好网站，2011 年 2 月，张宁索性辞了职，王鲁昆每天除了正常上班外，也把全部精力用到了网站的开发与宣传上。那段时间，他们每天用不同的账号，疯狂转发数千条推广树洞网的论坛帖子和微博信息，几乎每天都要熬到次日凌晨两三点钟，眼睛实在睁不开了，才不得不睡一会儿。最艰难的时候，张宁甚至产生了放弃树洞网的想法，但每当看到有用户通过在树洞网上晒秘密缓解了压力后，他就有了继续下去的动力。"不赚钱就不赚钱吧，能为大家免费提供贴心服务，也体现出了我的价值。"张宁自我安慰道。

一天晚上，张宁读到一位洞友晓美在树洞网发的帖子，里面全是轻生厌世的句子，言辞也比较激烈，甚至说到了要自杀。这可把张宁吓坏了，他连忙在 QQ 群里求助，希望洞友们帮助晓美，"只要能劝她回头，哥们儿请大家伙吃大餐！"

一位曾经与晓美私聊过的女孩，很快将晓美拉到了树洞网 QQ 群里。原来，晓美是位北漂女孩，刚失业不久，而男友又提出了分手。那天晚上，张宁当了一次"树洞"，静静地听晓美诉说心中的苦闷，为她送上鼓励与安慰。

"想开点儿就没事了，权当做人生的另类考验，早挨了早好。工作会有的，爱情也会有的，哪怕就算为了让抛弃你的男孩后悔他当初瞎了眼，你也得鼓起生活的信念，活出个样来给大家看看！"张宁对晓美的一番掏心窝子的话，最终让她走出了心理阴影。

除了悲情、困惑、宣泄的帖子，树洞网上也不乏自爆趣事儿和囧事儿的帖子。

极具特色的树洞网逐渐受到了职场白领、高校学生等不同阶层人的热烈追捧。更让张宁和王鲁昆惊喜的是，由于搜索频率增加，2011 年 4 月，他们的网站被百度首页收录，只要在百度上输入"树洞"二字，树洞网就会自动显示出来。

洞友减压他创富

树洞网有它独特的"气场"，发展到 2011 年 6 月，网站每天的浏览量，竟从运营之初的每天几十人飙升到了两千多人！

树洞网的人气提升后，开始有商家主动与张宁联系。2012年年初，一家公司的孙老板见很多员工都喜欢上树洞网，便向张宁提出了一个大胆的设想：能不能为公司设立一个匿名交流频道，仅限我们的员工和领导进入。原来，孙老板想知道员工的一些真实想法，也想让他们多提一些有利于公司发展的意见，可员工碍于情面，从不在他面前说什么，私下找员工谈话，他又怕员工猜忌。

负责技术的王鲁昆，很快为孙老板开发了一个公司"树洞"。由于是匿名发言，大家都很踊跃，纷纷在网上向老板献计献策，遇到看不惯的事儿也毫不客气地提意见："我发现公司的账目管理有漏洞"、"我最近总被批评，很压抑"、"老板让我换部门，我想辞职"……员工的工作、生活、思想问题都被孙老板"明察秋毫"，他们反馈的信息成了孙老板改善管理的依据。

作为服务的提供者，张宁每年向这家公司收取一笔树洞管理费，这单生意让他看到了一个庞大的客户群和一种新的赢利模式。通过一番推介，张宁与多家单位、公司和大学达成了合作协议，为对方开发了一个个大型的团体树洞。

此外，树洞网还是一个交友和公益平台。大学讲师徐东经常去"树洞"围观，偶尔也发布信息，他发现一名洞友经常深夜酒后诉苦，通过交流，徐东获知这位洞友的孩子被车撞伤，肇事司机逃逸，他根本无力支付昂贵的医疗费。热心的徐东通过树洞网发起了募捐，大家通过账号把钱打到了医院。之后的日子，徐东还通过树洞网领养了小狗，联系上了一位失散多年的老朋友。他觉得，树洞网上不仅有数不尽的秘密，还有和谐美好的人生。

2012 年 7 月，张宁不仅完善了管理团队，还特意请来两位心理医生坐镇树洞网，为用户提供免费的心理咨询。他想从根本上解决洞友们的问题，修补一些人内心的洞，这项充满人文关怀的服务推出后，受到了洞友们的广泛好评。

张宁还筹划在树洞网上推出免费文艺作品阅读，以及付费手机铃声、图片、小说下载业务。尽管最近国内出现了一些同类网站，张宁却对树洞网充满了自信："实际上帮助用户缓解内心的压力有很大的外延空间，只要真诚为用户着想，并不断创新和拓展服务项目，我们就能从'树洞'中挖出更多的金子！"

心有野马，家有草原

玛雅绿

关小草有两个工作台，一个铺满了白色的羊毛毡和宣纸，用来练毛笔字，一个摆满了各种瓶瓶罐罐、小石子、木头和花花草草。在朝南的大玻璃窗下，她每天起床的第一件事就是给各种花花草草浇水。如果淘宝店里有订单，在确认付款后，她便开始根据客人的需求做"微观绿植苔藓瓶"的材料包，每一样都细心挑选并包装，尤其是苔藓中的沙砾或小虫，都必须用镊子一个个清理干净，像修表匠那样专注地完成，然后分类、装袋、喷水保湿、做标签，将写有制作方法的说明卡也一起装好，然后发快递寄走。

数日后，收到快递的顾客就可以根据自己的需求，搭建微型的森林、草原、田园等景观了。透明玻璃瓶内的微观绿色世界里，毛茸茸的绿色苔藓就是四季常青的草原，铁线蕨就是大树，网纹草就是灌木，迷你的木屋、小鹿、松鼠、蘑菇等树脂摆件就是其中的主角。你需要做的是避免让阳光直射苔藓瓶，记得偶尔给它们透透气、喷喷水，以保持湿度。

在买苔藓瓶的顾客群里，姑娘们占了多数，她们喜欢将这样"麻雀虽小，五脏俱全"的绿色世界放在办公桌上或床头，也更愿意选择小鹿、松鼠、花仙子、龙猫等迷你摆件放到苔藓瓶中，那是她们儿时的伙伴，也成就了成人世界里的童话梦。而购买苔藓瓶的小伙子们很多是买来送给心爱的姑娘的，就像那是自己能给姑娘的最美的家园。

由兴趣而起，最后变为悦人悦己的生意，这连关小草自己都没料到，因为她曾经的梦想是视觉设计师，并且更倾向于平面设计。如今她的梦想却变得"立体"起来，并且让她越来越享受其中的乐趣。

每一个苔藓瓶内的景观都是独一无二的。做给内心还住着童话的人，可以做得很可爱，像迪斯尼乐园；做给内心安宁成熟的人，可以做得开阔自然，像夏日清晨的森林；而做给内心清净、无欲无求的人，则可以像日式禅道庭院那么清简……

对关小草来说，制作苔藓瓶的契机，来自对花花草草的热爱和自己心里住着的那个小女孩的梦想，而苔藓瓶本身又具有类橱窗式的视觉设计性质，再加上身边有一个随时都在鼓励她将各种想法和灵感付诸行动的男朋友，于是，她决定试试看。

最初，她实验性地制作出了几个圆形苔藓瓶放到朋友的实体店里试卖，没想到很快卖光，后来她开始在网店销售。渐渐地，她制作的速度赶不上售卖的速度了，苔藓瓶也从圆形玻璃瓶慢慢发展到柱形玻璃瓶，再到长方形玻璃缸，容器越来越大，顾客也越来越多。而最受欢迎的一款苔藓瓶，也是定价最低、体型最小的，但其实是制作最麻烦的，因为瓶口太小，只能用长柄镊子进行各种材料的摆放操作。很多顾客都是游客，小小的一个绿色世界，完全可以轻松放进随身的包里。关小草有了自己的实体店后，很多放学路过的女中学生都被吸引进店里，有的拉着爸爸来给自己买，有的是拿出自己的零花钱买给"姐妹淘"（好朋友）当生日礼物的。相比传统的鲜花或绿植盆栽，这个更美、更丰富的微型绿色世界受到了大家的欢迎。如今，关小草正在研究如何利用民间传统手工艺来丰富自己的产品。

空闲的时候，关小草会与朋友一起去爬山，顺便背着竹篓一路采采苔藓或捡一些搭配用的小木枝、松果等。对她来说，一个个缓慢生长着的苔藓瓶，可能正是买走它们的人的内心微缩景观，在那个小小的世界里，有他们儿时梦想的投射，也有成年后对理想生活方式的渴望，它们在自己主人的床头、案上日夜相伴，彼此映照。

对关小草自己来说，这是"赠人玫瑰，手留余香"的好事；而对拥有它们的人来说，可能会是"心有野马，家有草原"的乐事。

树上的 120 个梦

丁晓洁

　　小林崇这个 56 岁的建筑师，几乎每天都在跟植物打交道，过去近 20 年中，他在世界各地建造了超过 120 座树屋。

　　在小林崇的建筑哲学中，树屋将启发人类对自然的重新思考。"在树木上架起一座建筑，毋庸置疑对树木的生长是有影响的，它们也许并不愿意被这样做。但我常常会想：从猿猴进化而来的人类，原本也是生活在树上，再一步步发展到地上，住进石洞里，进化文明发展到现在，人类住进了高楼大厦。树屋，其实是一种让人类回归本源的做法。"

　　小林崇的故乡在距离东京三个小时车程的温泉之乡——伊豆。"大学毕业后在电视台工作，东京拥挤的街道让我感觉到压力，非常想念故乡的山和海。"这是小林崇对自然产生兴趣的最初缘由，1994 年邂逅"世界树屋第一人"Peter Nelson 后，他决定自学建筑学知识，在日本建造树屋。

　　15 年前，小林崇的第一间树屋出现在东京都涩谷区神宫前。今天，从冲绳到北海道，日本各地都能找到小林崇设计的树屋。但在他看来，建树屋几乎是赚不了钱的，"它只是一个造梦的过程，客户各不相同，梦想也各不相同，因此每一间树屋都是独立的存在"。

2006 年，为了满足一位作家"自给自足"的生活愿望，小林崇在冲绳今归仁村建了一间树屋；2010 年，一位母亲想替去世的女儿圆一个未了的心愿，小林崇在长野县轻井泽市的个人庭院中建起了树屋；也有这样的委托者，请求小林崇建一间"给孙子的礼物"。

树屋颇受旅游机构的青睐。2007 年，福岛县岩濑牧场里一棵超过 100 年树龄的栎树上，小林崇建起 7 米高的树屋，成为当地旅游景观之一；2011 年，栃木县那须市的豪华度假酒店一角，他建造的"茶室"造型树屋，被作为艺术项目的一部分。但小林崇更乐于替 NPO 组织做建筑，最近一个项目是 2012 年北海道泷川市的"sorapuchi 儿童夏令营"——在这个为癌症儿童提供身心治疗的场所，他建起日本国内首个轮椅和担架可以自由进出的树屋。2013 年，他又应某个森林基金会邀请，在宫城县的松岛市建造树屋，作为东日本大区地震受灾地区重建信心的象征。

"树屋最大的魅力，在于站在地面和爬上去之后看到的是完全不同的风景。"小林崇希望自己建造的树屋，能让人产生"想登上去重新看看这个世界"的欲望："真正意义上的树屋，从窗户望出去，可以看到令人心旷神怡的山、河，或是大海。建在城市里的树屋，常常会缺失风景，这是令人可惜的事情。"

但他依然在城市里进行着自己的"树屋实验"，大多选择公园或是树林，"城市人并不一定常常有时间到外面去看风景，工作累了的时候，周末的时候，在城市里有一个树屋这样的存在，一定意义上也是和自然的某种接触，如果能启发他们对自然的思考，也是不错的事情。"

他认为最符合他理想风景的树屋，是2007年应日本某个电视台邀请，帮助一个艺人实现"从树屋里看世界遗迹"的梦想而建造的。这间26米高的树屋建在柬埔寨暹粒的吴哥窟内，高达26米，现在依然保留着，成了恋人们的约会场所。

如何让树屋跟自然的互动更多元，也是小林崇常常在思考的。目前他建造在树屋里的厕所，基本都依靠电动抽水，现在他更想在下一个项目中，尝试建造起储水系统，让淋浴间和厕所，全部使用自然水。

"人是欲望很强的，既想融入自然，又讨厌树上的虫子。"作为一种新兴的生活方式，住在树屋里的人们心态也很微妙，小林崇把他们分为两种：一种是真的想回归自然，不看电视，也不用iPhone；另一种，则要求在树屋里可以发邮件、打游戏，希望把一切现代科技都带入。当然，小林崇更愿意为前一种人"造梦"。

"枕边书"系列

定价：32.00元

定价：35.00元

定价：35.00元

定价：32.00元

主编简介

要力石，中国作协会员，编审，新华出版社总编辑。新闻出版总署颁发的新中国成立60年来"百名有突出贡献的新闻出版专业技术人员"荣誉获得者。著有《单独行走》《红楼梦阅读全攻略》等长篇历史小说、散文集和媒介研究著作11部。散文作品广受好评转载，有的入选中学教辅读本。

何芸（笔名小河，何小河），中国作协会员，新华通讯社《品读》杂志主编。著有童话集《幻想树》，散文集《爱星满天》等多部，及儿歌集、报告文学集等文学作品380余万字。部分作品被译成日、英、德等文字；获冰心儿童文学奖、宋庆龄儿童文学基金奖等多种奖项。

特别说明：本书在编辑过程中，未能联系上个别作者，请见书后予以谅解并及时与本社总编室联系（01063077116），奉上样书。